KB044023

추리소설 속 트릭의 비밀

에도가와 란포 지음
박현석 옮김

玄 人

추리소설 속 트릭의 비밀

에도가와 란포

그림 : 아르침볼도

목 차

서 -이 책의 탄생과정

사회사상연구회 출판부의 권유로 나의 수필 가운데 탐정소설의 트릭에 대해서 해설한 것을 모아보았다. 트릭에 대해서는 따로 〈유형별 트릭 집성〉이라는 글을 쓴 적이 있지만 이는 탐정소설에 익숙한 사람들을 위해서 항목별로 작성한 것이어서 일반적인 읽을거리로는 부적당하기에 이 책에는 그 목차만을 참고삼아 말미에 덧붙이고 내용 전부는 싣지 않았다. 후에 그 〈트릭 집성〉의 부분 부분을 좀 더 알기 쉬운 글로 쓴 수필이 몇 개 있기에 여기에는 그것들을 모아 놓았고, 그 외에 비슷한 종류의 글인 〈마술과 탐정소설〉, 〈스릴에 대해서〉 등을 더했으며, 또 이 책을 위해서 새로이 〈밀실 트릭〉 35매를 써서 앞부분에 실었다.

〈유형별 트릭 집성〉은 800여 개의 각종 트릭을 9개의 커다란 항목으로 나누어 해설한 것인데, 그들 항목과 이 책 속 수필들의 관계를 다음에 실었으니 참고하시기 바란다. 여기에는 책 뒤에 실은 〈유형별 트릭 집성〉 목차를 참조하시기 바란다.

제1, 범인의 인간에 관한 트릭

이 항목에서는 「1인 2역」과 「그 외 뜻밖의 범인」 2가지 내용이 가장 주요한 것인데, 이 책의 「뜻밖의 범인」과 「기발한 착상」(의 일부)은 그 양자 가운데서 재미있으리라 여겨지는 부분만을 뽑아 수필로 쓴 것이다.

제2, 범죄현장과 흔적에 관한 트릭

이 내역은 ① 밀실 트릭 ② 발자국 트릭 ③ 지문 트릭인데, 이 책의 밀실 트릭은 ①을 상세히 풀어쓴 것, 또이 책의 「메이지의 지문 소설」은 ③과 관계가 있다.

제3, 범행 시간에 관한 트릭

이 항목을 풀어서 쓴 수필이 없기에 이 책에는 싣지못했다.

제4, 흉기와 독극물에 관한 트릭

이 책의 「흉기로써의 얼음」과 「특이한 흉기」는 이 항목의 흉기 부분을 풀어서 쓴 것이다. 독극물에 대해서는그런 수필이 없다.

제5, 사람 및 사물의 은닉 방법에 관한 트릭

이 책의 「은닉 방법에 관한 트릭」은 이 항목 가운데서 재미있을 듯한 예를 모아 상세히 기술한 것이다.

제6, 그 외의 각종 트릭

이 항목에는 제1부터 제5까지의 어디에도 속하지 않는 22종의 서로 다른 트릭이 열거되어 있는데, 이 책의 「기발한 착상」(의 일부)과 「프로버빌리티의 범죄」는 그 가운데 두어 종을 상세히 기술한 것이다.

제7, 암호기법의 분류

이 항목은 원문이 비교적 쉽기 때문에 그대로 이 책에 다시 실었다.

제8, 특이한 동기

이것도 전 항목과 마찬가지다. 단, 약간 생략한 부분이 있다.

제9, 범죄발각의 단서

이 항목은 내용이 매우 빈약하고 따로 고쳐쓴 것도 없기에 이 책에서는 생략했다.

1956년 5월
에도가와 란포

1. 기발한 착상

옛 탐정소설가, 특히 영미·앵글로색슨계의 작가가 얼마나 기발하고 마술적인 트릭을 생각해냈는가 하는 이야기다.

나는 1953년에, 주로 영미 탐정소설에서 예전부터 사용되었던 트릭을 800여 개 수집해 〈유형별 트릭 집성〉이라는 글을 썼는데, 그것은 800여 개의 트릭을 원고지 150매 정도로 압축해 마니아를 위해서 항목별로 정리한 것이기에, 그 가운데 일부를 수필풍으로 풀어 써서 잡지 등에 실었다. 예를 들어 「흉기로써의 얼음」, 「얼굴 없는 시체」, 「은닉 방법에 관한 트릭」, 「프로버빌리티의 범죄」 등이 그렇다.

여기서는 나의 〈트릭 집성〉 가운데 위의 각 원고와 중복되지 않는, 가능한 한 기발한 트릭을 몇몇 들어서 조금은 상세하게 써보기로 하겠다. 모두 오래된 작품으

로 탐정소설에 정통한 독자에게는 신기할 것도 없는 이
야기지만 그처럼 오래된 작품에 오히려 재미있는 착상
이 많다. 일반 독자에게는 얼마간 흥미가 있으리라 여겨
진다.

1) 인간이 아닌 범인

살인사건이 일어나면 우선은 사람이 범인일 것이라고
생각한다. 그러한 허점을 찔러서 인간 이외의 범인을
들이밀어 깜짝 놀라게 하는 방법은 탐정소설의 개조인
에드거 앨런 포가 〈모르그 가의 살인[1]〉에서 선례를 남
겼다. 인간이 범인일 것이라고만 생각해서 수색을 했으
나 뜻밖에도 대형 원숭이인 오랑우탄이 범인이었다는
내용이다. 그 이후의 탐정작가들은 이 착상을 계승해서
거의 모든 짐승, 새, 곤충 등을 범인으로 내세워 의외성
을 만들어냈다. 또 반대로 동물이 범인이라고 생각했으
나 실은 인간의 위작이었다는 수법도 있다. 그 기발한
한 가지 예.

한 곡마단에 사자의 입을 벌리게 해서 그 속에 자신의
머리를 넣는 곡예를 펼치는 사람이 있었다. 위험하기

---

1) 당사의 《세계 3대 명탐정 단편걸작선》에 수록되어 있다.

짝이 없는 곡예다. 어느 날, 관람객들 앞에서 그 사람이 사자의 입 안으로 머리를 넣었는데 어떻게 된 일인지 사자가 입을 다물었고, 그 사람은 머리를 물려 그 자리에서 목숨을 잃고 말았다.

그렇게 잘 길들여진 사자가 머리를 문다는 것은 이상한 일이라며 여러 가지로 조사를 해보니, 그 사자가 살인사건 조금 전에 코를 찡그리며 웃는 모습을 보았다는 사람이 나타났다. 사자가 웃다니 참으로 섬뜩한 이야기다.

결국 인간이 범인으로 체포되었다. 그 비밀을 알고 나면 참으로 허무하지만, 곡마단원 가운데 그 사자와 공연하는 사람에게 원한을 품은 자가 있어서 사자가 한 짓처럼 보이도록 상대방을 살해할 목적으로 하나의 묘안을 생각해낸 것이었다. 그 묘안이란 사자와 공연을 하는 사람의 머리에 몰래 재채기가 나게 하는 약을 뿌려, 그 머리를 사자의 입 안에 넣은 순간 사자가 재채기를 하게 만들어 그 재채기 때문에 머리를 물게 만들겠다는 계획이었다. 그 범인이 범행에 앞서 사자의 입에 재채기 약을 넣어 실험했을 때, 사자가 웃었다. 코가 간지러워서 웃는 것 같은 얼굴이 되었던 것이다. 이는 30여 년 전에 발표된 영국의 단편인데 이 줄거리는 다른 소설에 응용해도 재미있으리라. 어쩌면 벌써 응용한 사람이 있을지도 모르겠다.

인간 이외의 범인 가운데 특이한 것은 목제 인형이 권총을 쏘아 사람을 죽였다는 착상이다. 어떤 방에 실물 크기의 인형이 세워져 있다. 한밤중, 그 방에서 자던 사내가 권총에 맞아 죽었다. 문은 안에서 잠겨 있고 누구도 출입한 흔적이 없다. 조사를 해보니 인형이 오른손에 권총을 쥐고 있었다. 그것이 최근에 1발 발사되었다는 사실도 밝혀졌다. 인형이 사람을 살해한 것이다.

비밀을 밝히자면 역시 인간이 범인으로, 인형 바로 위에 꽃병이나 그와 같은 물건에서부터 빗방울처럼 똑똑 물방울이 떨어지게 장치를 해두었던 것이다. 그 물방울이 권총을 쥔 인형의 손에 쉴 새 없이 떨어졌고, 몇 시간 후에 목질의 습기에 의한 팽창작용으로 인형의 손가락이 움직여 권총의 방아쇠를 당긴 것이었다.

더욱 기발한 것으로는 태양이 살인을 했다는 것이 있다. 물론 일사병이 아니다. 카뮈의 이방인은 태양 때문에 사람을 죽였다고 하는데, 그런 심리적인 것도 아니다. 완전히 물리적인 살인수단이다.

밀폐된 한 방에서 사람이 사살되었다. 피해자로부터

멀리 떨어진 책상 위에 사냥총이 놓여 있고 거기에 장전해두었던 실탄이 발사되었다는 사실이 밝혀졌다. 그러나 범인이 출입한 흔적은 어디에도 없었다. 사냥총이 저절로 발사될 리 없으니 매우 기묘한 사건처럼 보인다. 그때 명탐정이 나타나서 "이건 태양과 물병의 살인이다."라고 말한다. 더욱 이해할 수 없게 되어버렸다.

이 이야기의 비밀은, 유리창으로 들어온 햇빛이 책상 위에 있던 물병에 닿았는데 그 둥근 플라스크 모양의 물병이 렌즈 작용을 해서 우연히 구식 사냥총의 점화구에 초점이 맞아 실탄이 발사된 것이다. 이 착상은 미국의 오래전 탐정작가인 포스트와 프랑스의 르블랑이 사용했는데, 나도 학생시절에 그 두 사람과는 별도로 착상해서 서툰 단편을 쓴 적이 있었다. 시기적으로는 포스트와 내가 거의 동시였으며, 르블랑은 그것보다 늦었다.

2) 두 개의 방

A라는 사내가 B의 부름에 응해 빌딩 1층에 있는 B의 사무실로 밤에 찾아왔다. 둘은 거기서 술을 마시며 이야기를 나누었는데 A가 방심한 틈을 타서 B가 갑자기 달려들어 재갈을 물리고 손발을 소파에 묶었다. 그리고

째깍째깍 시계 소리가 나는 검은 상자를 꺼내, '이건 시한폭탄인데 몇 시 몇 분에 폭발한다. 너의 목숨도 그때까지다.'라고 말하고 그 상자를 소파 아래에 밀어 넣은 뒤 그곳을 떠났다. A는 커다란 공포에 사로잡혀 몸부림을 치지만 곧 의식불명 상태에 빠진다. 그것은 조금 전의 술에 강한 수면제를 넣었기 때문이다.

얼마나 잠을 잤을까. 문득 눈을 떠보니 역시 그 방에 묶인 채였다. 순간적으로 떠오른 것은 시한폭탄. 소파 아래서 째깍째깍 시계 소리가 들려온다. 벽에 걸린 시계를 보니 폭발 직전, 겨우 2분밖에 남지 않았다. 다시 있는 힘껏 몸부림을 쳤는데 어떻게 된 일인지 밧줄이 풀리기 시작했다. 허겁지겁 밧줄을 벗겨냈으나 남은 시간은 이제 30초였다. 우당탕 방에서 복도로 뛰쳐나왔다. 맞은편에 밖으로 나가는 문이 있었다. 그 바깥은 3단 정도의 돌계단이 있고, 바로 거리로 나서게 되어 있을 터였다. 문을 열어보니 다행히 문은 잠겨 있지 않았다. 문을 열고 한 걸음 밖으로 발을 내딛었다. 그 순간 '앗' 하는 소리를 지른 채 A는 끝을 알 수 없는 구멍 속으로 떨어져버렸다. 어느 틈에 그렇게 깊은 구멍을 파놓은 것일까? 아니, 그게 아니었다. 1층이라고만 생각하고 있었는데 사실은

9층으로 바뀌어 있었기에, 밖으로 나가는 문이 아니라 엘리베이터의 문을 열고 그 구멍 속으로 뛰어든 것이었다. A는 물론 목숨을 잃었다.

범인 B는 그 빌딩의 9층에, 1층에 있는 자신의 사무실과 완전히 똑같은 방을 만들어놓았다. 수면제로 잠에 빠진 A를 그 9층의 방으로 업고 가서 1층과 완전히 똑같은 소파에 묶어두고 그 앞 복도에 있는 엘리베이터의 문도 잠금장치를 풀어놓은 것이었다. 융단에서부터 벽지까지, 그리고 의자, 테이블, 벽의 액자 속 그림, 시계 등 하나에서부터 열까지 한 치의 차이도 없는 2개의 방을 만들었다는 점에 이 트릭의 창의성이 있다.

A는 잘못해서 엘리베이터의 구멍 속으로 떨어진 과실사로 처리되었고 범인은 조금도 의심을 받지 않았다. 빌딩 1층과 9층에 완전히 똑같이 꾸며진 방이 있었다는 사실을 알아냈다 할지라도, 그것을 곧 A의 추락사와 연결 짓기란 좀처럼 쉬운 일이 아니다. 이것도 30여 년 전의 오래된 작품이지만 나는 그 인상이 아직도 남아 있을 만큼 그 착상을 재미있다고 느꼈다.

이 '두 개의 방' 트릭은 훨씬 후에 미국의 저명한 탐정소설가인 카와 퀸이 다른 형태로 사용했다. 특히 퀸의 작품은 '두 개의 방'을 '두 채의 건물'로 확대한 트릭으로, 커다란 3층짜리 석조건물이 하룻밤 사이에 흔적도 없이 사라진다는 어마어마한 착상으로까지 성장시켰다.

3) 열차 실종

영국의 한 유명한 탐정작가가 실로 기발한 생각을 해냈다. 밤, 기다란 화물열차가 X역에서 다음 역인 Y역에 도착해보니 중앙부의 화물차 1량이 실종되었다. X역을 출발할 때는 틀림없이 있었던 화물차가, 도중에 한 번도 정차하지 않고 Y역에 도착했을 때에는 연기처럼 사라져 버리고 만 것이다. 그 화물차에는 고가의 미술품들이 여러 점 실려 있었다. 그것을 화물차와 함께 도둑맞은 것이다. 한 번도 정차하지 않은 열차의 한가운데에 있는 화물차 1대만 사라진다는 것은 물리적으로 불가능한 일이다. 대체 어떻게 그런 일이 가능했던 것인지 독자들은 신기함을 감추지 못한다. 무시무시한 서스펜스에 정신 없이 몰입해서 읽게 된다.

작가는 어떻게 해서 이 불가능한 일을 가능하게 했을까? 그를 위해서 참으로 번거롭고 대대적인 마술을 발명해냈다.

X역과 Y역 사이에 있는 한적한 산 속에 사용하지 않게 된 지선이 있다. 범인은 그것을 이용한 것이다. 목표로 삼은 화물차만 그 지선으로 들어가게 하고 뒤쪽의 화물차는 끊김 없이 무사하게 Y역에 도착하도록 하는 트릭만 있다면 이 신비로운 일을 해낼 수 있다. 그 트릭을 생각해낸 것이다.

거기에는 공모자 3명이 필요하다. A는 문제의 화물차 안으로 숨어들고, B는 지선의 포인트 지점에서 기다리고, C는 지선으로 들어온 화물차에 뛰어올라 브레이크를 거는 역할이다.

열차 출발 전, 양쪽 끝에 갈고리를 단 굵고 긴 로프를 화물차 안에 미리 숨겨두고 X역을 출발하자마자 A는 그 로프의 양쪽 끝에 있는 고리를 목표로 삼은 화물차 앞쪽 차량의 접속기와 뒤쪽 차량의 접속기에 건 다음, 로프는 목표로 삼은 차량의 외부로 빼둔다. 이렇게 해서 목표로 삼은 화물차의 앞쪽 차량과 뒤쪽 차량을 굵은 로프로 연결한다.

지선에 다가갔을 때 A는 전후 차량의 접속기를 풀어 앞쪽 차량과 뒤쪽 차량이 로프만으로 접속되어 있게 한다. 포인트 지점에서 기다리고 있던 B는 앞차의 바퀴가

지선으로 들어가는 분기점을 지나는 것을 보고 전철기를 빠르게 조작해서 목표로 삼은 화물차가 지선으로 굴러 들어오게 한다. 그리고 그 뒤쪽 바퀴가 분기점을 통과한 순간 다시 전철기를 빠르게 원래대로 되돌린다. 이렇게 하면 목표로 삼은 화물차만 지선으로 들어가고, 몇 량인가 되는 뒤편의 화물차는 굵은 로프에 끌려 그대로 본선을 진행한다. 기다리고 있던 C는 지선으로 들어온 화물차로 뛰어올라 필사적으로 브레이크를 밟는다. 그리고 화물차가 깊은 숲 속으로 모습을 감출 무렵 정확히 정지하도록 한다. 거기서 차량 속에 있는 미술품을 여유 있게 옮기기 위해서다.

열차 위의 A는 화물차를 빼돌리는 순간 앞차로 옮겨가서 접속기 옆의 사다리 위에 몸을 웅크리고 매달린다. 마침내 열차는 Y역으로 다가가고 속력을 늦춤에 따라서 로프에 끌려온 열차가 타력(惰力)에 의해 앞의 차량을 따라잡아 덜커덩 부딪친다. 그 순간을 놓치지 않고 A는 전후 차량의 접속기를 연결한 뒤, 느슨해진 로프를 풀고 지상으로 내던진 다음 자신도 화물차에서 뛰어내려 로프를 가지고 모습을 감춘다. 이렇게 해서 커다란 화물차가 X역과 Y역 사이에서 연기처럼 사라져버리는 기적이 행해진 것이다.

화물열차 실종에 있어서 코난 도일은 이보다 더 기발한 트릭을 생각해냈다. 영국에서는 개인에게 특별 급행열차를 빌려주는 경우가 흔히 있는데 그 특별 급행열차 전체가 A역에서 B역까지의 사이에서 유령처럼 사라져버린 것이다.

B역에서는 A역으로부터 지금 문제의 열차가 통과했다는 전화를 받아 기다리고 있으나 아무리 기다려도 열차는 오지 않는다. 그리고 문제의 열차보다 늦게 A역을 통과한 열차가 B역으로 들어왔다. 그 기관사에게 도중에 문제의 열차가 고장이라도 일으킨 것 아니냐고 물어보았으나, 도중에 방해물은 아무것도 없었다, 열차 같은 건 그림자도 보이지 않았다고 대답한다. 하나의 열차가 공중으로 솟아오르기라도 한 것처럼 완전히 실종되어버린 것이다. 도중에 지선은 어디에도 없다.

비밀을 밝히자면 이는 복수의 사람들에 의한 공모 범죄로 그 열차를 빌린 저명인을 은밀하게 장사지내기 위한 소행이었다. A와 B역 사이에 지선은 없다고 했지만, 예전에는 광산으로 들어가는 지선이 있었는데 아주 오래 전에 그 광산이 폐광이 되어 지선도 필요 없어졌기에 사람들이 실수하는 일이 없도록 본선에 가까운 부분만 지선의 레일을 뜯어내 두었다. 따라서 지선을 고려할 필요는 없었던 것이다. 하지만 범인은 그 허점을 이용해서, 여러 사람의 힘으로 다른 장소에서 몇 개의 레일을 가지고 와 밤의 어둠 속에서 서둘러 폐광으로 가는 지선을 복원했다. 그리고 공범이 미리 기관차에 올라 기관사를 권총으로 협박해서 급히 복원한 지선으로 들어가게 했고, 전속력으로 달리게 한 뒤 공범자와 기관사는 도중에서 뛰어내려 열차를 그대로 폐광으로 돌진하게 했다. 그 지선의 종점은 커다란 갱의 입구와 연결되어 있어서 열차는 피해자와 하인들을 실은 채 깊은 갱 속으로 떨어져버렸다. 그 부근은 인가도 없는 한적한 산 속이고, 폐광으로 가는 선로의 양쪽 측면은 높은 절벽을 이루고 있기에 이상한 열차의 돌진은 멀리서도 보이지 않았던 것이다.

4) 죽음의 기만

죽음의 기만에 대한 몇 가지 기발한 착상이 있다. 그 가운데 하나는 직업을 이용한 살인으로, 자살한 것이라고밖에 여겨지지 않는 것이다.

어느 아파트의 한 방에서 권총을 입 안에 넣고 발사해 자살한 시체가 발견되었다. 그 옆에 한 자루의 권총이 떨어져 있었다. 발사된 흔적이 있으며, 또 권총 표면에 묻은 지문도 죽은 자의 것뿐이었다. 이 사건은 물론 자살로 처리되었다. 입 안에 권총자루가 들어왔는데 저항하지 않을 사람이 있을 리 없으니, 아무래도 타살이라고는 여겨지지 않았기 때문이었다.

그런데 진상은 타살이었다. 그런 타살을 극히 자연스럽게 해낼 수 있는 유일한 직업이 있다. 그건 바로 치과의사다. 이비인후과 의사도 못할 것은 없지만, 치과의사 쪽이 훨씬 더 용이하다. 원한을 품은 인물의 이를 치료하는 사이에 숨겨두었던 권총의 총구를 환자의 입 안에 넣고 발사하면 된다. 치과의 환자는 눈을 감고 입을 커다랗게 벌리고 있는 법이다. 더 없이 좋은 상태다. 그렇게 살해한 뒤 시체를 다른 거리에 있는 아파트의 사람이 없는 방으로 옮기고 옆에 피해자의 지문을 묻힌 권총을 던져놓기만 하면 된다. 그다지 유명하지 않은 영국 작가의 단편이다.

또 다른 하나의 예는 살아 있으면서 죽은 것이라 여겨지게 해서 자신을 이 세상에서 말살하는 트릭이다. 이는 여러 가지 조건이 아주 잘 갖춰져 있지 않으면 어려운 일이지만, A라는 사내가 이른 아침, 폭풍우가 부는 해안의 바위 위에 쓰러져 있다. 이를 발견한 친구가 놀라 바위로 달려가 이름을 불러보았으나 대답이 없다. 새파랗게 질려서 축 늘어져 있다. 아무리 봐도 죽은 것이라고밖에는 보이지 않는다. 혹시나 싶어서 오른 손목의 맥을 짚어보니 완전히 끊어져 있었기에 서둘러 의사와 경찰에 알리기 위해 인가 쪽으로 달려갔다. 쓰러져 있던 A는 그것을 보고 나서 천천히 일어나 어딘가로 가버렸다. 결국 A의 시체는 파도에 쓸려간 것이라고 판정한다. 이렇게 해서 A는 이 세상에서 스스로를 말살한 것이다.

어떻게 해서 맥박을 멈추게 한 것일까? 거기에는 마술사들이 쓰는 방법이 있다. 겨드랑이에 조그만 공과 같은 물건을 끼우고 팔로 세게 눌러 팔의 동맥을 강하게 압박하는 것이다. 그러면 손목의 맥박은 사라져버린다. 이 범인은 그 기묘한 방법을 응용한 것이다. 이것은 카의 단편.

강에 익사체가 떠 있다. 해부를 해보아도 일반적인 익사체로밖에 보이지 않는다. 그러나 여기에도 타살인 경우가 있다. 범인은 그 강의 물을 대야 가득 떠서 방으로 옮긴다. 그곳으로 살해하려 하는 인물을 불러들여 그 인물의 머리를 잡고 얼굴을 대야에 밀어 넣어 잠시 움직이지 못하게 한다. 그 인물은 강물을 위와 폐로 들이마셔 질식사한다. 그 시체를 사람들의 눈에 띄지 않게 강에 던지는 것이다. 이는 옛날부터 흔히 이야기되어 누구나 잘 알고 있는 방법인데, 장편 가운데서는 크로프츠의 작품에서 이 방법이 쓰였다. 작은 대야에 의한 익사라는 기발함에 재미가 있다. 그러나 이는 소설 속의 일이고, 실제로는 상대방이 무력한 환자라도 되지 않는 한 좀처럼 가능한 일이 아니다.

물에 젖으면 이상할 정도로 수축하는 식물의 섬유로 짠 천을 언제나 목에 두르고 있게 한다. 범인은 의사이고 상대방은 목이 좋지 않은 사람인 경우가 가장 적절하리라. 장소는 열대지방이 좋다. 혹은 열대를 통과하는 기선 위가 좋다. 열대 특유의 스콜이 온다. 사람들은 기뻐하며 이 소나기에 몸을 맡긴다. 그때 목표로 했던 인물의 목에 감겨 있던 천이 굉장한 힘으로 수축해서, 그 인물은 몸부림을 치며 숨이 끊어지는 것이다. 이 이야기는 범죄수필에서 읽었는데 나는 그 식물의 이름을 알지 못한다.

《올요미모노》 1954년 10월호

2. 뜻밖의 범인

탐정소설이라는 소설형식이 발명된 이후 아직 110년 정도밖에 지나지 않았지만, 그 사이에 세계 각국의 탐정작가가 경쟁적으로 트릭의 창의를 겨루어 인간이 생각해낼 수 있는 트릭은 거의 다 나왔기에 이제 새로운 트릭을 안출해낼 여지는 전혀 없다고 일컬어지고 있다.

나는 패전 이후 영미의 탐정소설을 상당량 읽었는데 읽어 나가면서 트릭에 관한 메모를 했고, 서로 다른 트릭 800여 종을 수집하여 잡지《보석》의 1953년 가을호에 〈유형별 트릭 집성〉이라는 것을 썼다. 그 내용을 대략적으로 살펴보면 범인이 생각해낸 트릭은 ① 범인에 대한 불가능(즉, 뜻밖의 범인) ② 범행의 물리적 불가능('밀실 범죄'나, 발자국 · 지문 등의 트릭이 포함된다.) ③ 범행 시간의 불가능 ④ 뜻밖의 흉기와 독극물 ⑤ 사람이나 물건을 숨기는 뜻밖의 방법 등의 항목으로 분류할 수 있다. 여기서는 이들 가운데 '뜻밖의 범인' 트릭에 대해서 써보기로 하겠다.

'뜻밖의 범인' 트릭 가운데서 가장 자주 쓰이고 또 그 종류도 많은 것은 '1인 2역'이다. 내가 집성한 바에 의하면 800가지 예 가운데 130가지 예가 '1인 2역'의 여러 가지 변형으로 1위를 차지했다. 그 다음은 '밀실의 범죄'가 83가지 예로, 이 2가지 트릭이 압도적으로 눈에 띄었다.

'1인 2역'의 일부로, 피해자가 곧 범인이었다는 착상이 있다.

하나의 살인사건에서 살해한 인물과 살해당한 인물은 완전히 상호 대립하는 것으로 이 양자가 동일인물이라고는 누구도 생각지 않는다. 가해자와 피해자는 아무래도 서로 하나가 될 수 없는 존재이기 때문이다. 탐정작가는 (어떤 경우에는 현실 속의 범인도) 이러한 상식의 맹점에 착안해서 여러 가지 트릭을 발명했다.

나의 분류 가운데 '피해자가 범인'이라는 항목을 펼쳐보면 다음과 같다.

(1) 범인이 피해자로 바뀜. (세분하면 범행 전에 바뀌는 자와 범행 후에 바뀌는 자가 있다.) 47가지 예.

(2) 공범자가 피해자로 바뀜. (범인이 복수인 경우로 이쪽이 실행은 쉽다.) 4가지 예.

(3) 범인이 피해자 가운데 한 사람을 가장. (피해자가 복수인 경우로 유명한 작품의 예를 들자면 밴 다인의 〈그린 가 살인사건〉과 퀸의 〈Y의 비극〉이 이 트릭을 사용했다.) 6가지 예.

(4) 범인과 피해자가 완전히 동일인. 9가지 예.

이 가운데서는 (4)가 가장 신기하게 느껴지리라 여겨진다. 범인과 피해자가 완전히 동일인이라는 것이 성립할 수 있을까?

여기에는 '절도'와 '상해'와 '살인'의 3가지 경우가 있다.

우선 '절도'의 예를 살펴보면, 어떤 도회의 제일가는 미술 · 골동상이 오래 전부터 거래하던 단골손님에게 고가의 보석을 팔았다. 얼마 지나지 않아서 그 손님이 보석의 받침대인가 어딘가에 흠집이 있다며 수선을 해달라고 가지고 왔다. 그것을 받아 살펴본 골동상은 그 보석이 아주 정교하게 만들어진 모조품이라는 사실을 알게 된다. 손님은 훌륭한 부호이니 가짜를 가져올 리 없다. 처음 팔 때부터 가짜였는데 자신이 그만 깨닫지 못했었다는 사실을 알게 된다. 골동상의 커다란 실수다. 다른 물건을 손에 넣어 돌려보내려 해도 매우 진귀한 보석이기에 똑같은 물건이 손에 들어올 리가 없다. 만약 모조품을 그대로 수리해서 돌려보내면 언젠가는 그 사실이 밝혀져 골동상의 신용은 땅바닥에 떨어져버리고 말 것이다. 최고의 미술상이기에 그런 불명예는 견딜 수 없는 것이다.

이에 골동상의 주인은 궁여지책으로 자신이 도둑이 되어 공방의 천장에 있는 유리창을 통해 숨어들어 그 보석을 훔쳐 어딘가에 숨겨버린다. 이튿날 아침, 도난 신고를 하자 경찰이 와서 조사를 했는데 도둑이 든 흔적이 뚜렷하게 남아 있었기에 도난이라고 인정한다. 골동상은 손님에게 사과하고 보석 가격에 상당하는 현금을 변제한다. 보석 가격만큼 고스란히 손해를 보는 것이나, 가게의 명성만은 지킬 수 있다. 탐정소설이니 이를 단순하게 쓰지는 않는다. 결과에서부터 거꾸로 써나가기 때문에 매우 신기한 이야기가 된다. 자신이 자신의 물건을 훔치는, 즉 피해자와 범인이 동일인인 것이다.

'상해'의 예로는 내가 예전에 쓴 작품이 있다. 서양의 작품에도 예가 있기는 하지만 그것들은 길게 설명하지 않으면 의미가 통하지 않기에 이것만은 자작을 인용하겠다. 제2차 세계대전 전, 육군 고관의 저택 안에서 일어난 사건인데, 어느 날 밤 아무도 없는 주인의 서재에 도둑이 든다. 주인의 아들인 청년이 그 사실을 깨닫고 새카만 어둠에 잠긴 서재로 들어서자, 도둑은 권총을 쏘고 창문을 통해서 달아나버린다. 그 권총의 총알이 아들의 다리에 맞아 중상을 입었기에 병원에 입원하나 절름발이가 되어버리고 만다. 도난품은 나중에 정원의 연못 속에서 나온다.

사실 이는 그 아들의 자작극으로 서재에 있던 귀금속류를 손수건에 싸서 창문을 통해 연못으로 던져 넣어 도난을 그럴 듯하게 꾸민 뒤, 권총으로 자신의 다리를 쏜 것이다. 여기까지 썼지만 그 아들이 어째서 자신의 다리를 쏴야만 했던 것인지 아직 모르시리라. 어떤 사실을 깨닫기 전까지는 알 수 없다. 그것은 징병기피라는 동기다. 아버지가 장군이기에 섣부른 행동은 할 수 없다. 이에 도둑에게 총을 맞은 것처럼 보이고 절름발이가 되어 징병을 피하겠다는 묘안을 떠올린 것. 다시 말해서 피해자가 범인과 동인인물인 셈이다. 이것도 살을 붙여서 거꾸로 쓰면 얼마간은 재미있는 미스터리물이 된다.

다음으로 '살인'의 경우. 살해한 사람과 살해당한 사람이 동일인이라는 트릭이다. 그런 일은 절대로 불가능하다고 생각할지 모르겠지만, 불가능을 가능하게 하는 것이 탐정소설의 요령이니 조그만 계기만 있으면 여러 가지로 좋은 생각이 떠오른다. 이러한 경우의 계기는 '자살'이라는 착상이다. '자살'은 살해하는 자와 살해당하는 자가 동일인이니 거기서 무엇인가를 끌어내기만 하면 된다.

불치의 병에 걸려서 의사로부터 죽음을 선고받은 인물이 누군가를 한없이 미워해서, 어차피 곧 죽을 목숨이니 조금 빨리 버려서라도 복수를 하고 싶다고 생각하는 경우에 효과적으로 쓸 수 있다. 미워하고 있는 인물에게 혐의가 걸리도록 여러 가지 위조 단서를 남겨놓고 타살을 가장하여 자살하는 수법이다. 이 트릭은 예전부터 내외의 탐정소설에 종종 사용되었다.

살해한 사람과 살해당한 사람이 동일인이라는 트릭은, 영국에 매우 유별난 작품이 있다. 영국 로만 가톨릭파의 성직자 가운데서도 높은 자리에 해당하는 아치 비숍 중에 로널드 녹스라는 유명한 성직자가 있다. 이 사람이 탐정소설을 좋아해서 오래 전부터 수많은 작품을 써왔다. 대표 장편인 〈육교 살인사건〉이 예전에 번역되어 탐정소설을 좋아하는 사람들은 녹스라는 이름을 잘 알고 있는데 이 사람의 단편 가운데 굉장히 복잡하고 미묘한 탐정소설이 있다.

그것은 불치의 병으로 의사에게 최후를 선고받은 사내가 죽음을 기다려야 하는 고통에서 벗어나기 위해 상당한 노력을 기울인다는 이야기인데, 그 사내는 겁쟁이여서 도저히 자살은 하지 못한다. 스스로 죽을 수 없다면 다른 사람에게 죽여달라고 할 수밖에 없지만 기꺼이 살인죄를 저질러줄 독지가가 있을 리 없다. 자신이 죽여줄 사람을 만들어내지 않으면 안 된다.

이에 그는 자신이 누군가를 죽여서 그 죄로 사형에 처해지는 것이 최선이라고, 참으로 번거로운 방법을 떠올린다. (참고로 말해두겠는데 이는 아이로니컬한 소설이지만 해학적으로 쓰이지는 않았다. 이런 식으로 간략하게 쓰면 어딘가 해학적으로 느껴지지만 원작은 순서를 반대로 했으며, 제삼자의 이야기로 삼아서 능란하게 썼기 때문에 납득하며 읽을 수 있다.) 그리고 그는 약간 재미있는 트릭을 생각해내서 간접적인 방법으로 낯선 남자를 살해하려 했으나, 결국은 미수에 그쳤을 뿐만 아니라 경찰에서는 그를 조금도 의심해주지 않는다. 사람을 죽이는 것도 쉬운 일이 아니라고 생각한다.

이에 그는 한층 더 복잡한 계획을 세운다. 타인을 살해하려고 하기에 실패하는 것이니, 자신이 1인 2역을 해서 한쪽의 자신이 다른 쪽의 자신을 살해하는 연극에 성공한다면 범죄자가 될 수 있으리라. 자신이 또 다른 자신을 살해하는 것이니, 이는 참으로 손쉬운 일이라고 생각한다.

그는 완전히 가공의 인물로 변신해서 진짜 자신과 둘이, 다른 손님이 없는 1등 열차의 칸막이가 있는 객실로 들어간다. 우선 가공의 인물이 먼저 들어갔다가 누구의 눈에도 띄지 않게 다른 출입구로 몰래 나와서 변장을 푼 뒤, 진짜 자신이 되어 다시 한 번 객실로 들어간다. 2번 모두 차장과 보이에게 각각의 모습을 보이기도 하고 말을 걸기도 해서 승객 2명이 객실 안으로 들어간 것이라 여기게 한다.

그렇게 해놓은 뒤 다음 역에 도착했을 때 객실에서 내리는 것은 진짜뿐이고 가공의 인물은 어디에도 없다. 열차가 달리는 중에 진짜인 그가 가공의 그를 살해해 도중에 있는 기다란 철교 위에서 강물 속으로 던진 것처럼 보인다. 2사람이 탔다는 사실은 차장과 보이가 알고 있다. 게다가 기차가 2사람이 내려야 할 역에 도착했는데도 가공의 인물은 사라져버렸고 진짜인 그만이 어딘가 미심쩍은 태도로 내린다면 이는 의심을 받기에 충분하다.

그는 이 기묘한 트릭을 실행에 옮겼다. 그러자 이번에는 의도한 대로 돼서 그는 원하던 대로 체포되었고 재판을 받았으며, 유죄라고 결정되었다. 그런데 이렇게 되고 보니 그토록 바랐던 사형 자체가 무서워졌다. 어떻게 해서든 살아야겠다고 생각한다. 이에 변호사에게 울며 호소하고 진상을 밝혀, 변호사의 힘으로 무죄가 되어 석방되었으나, 그 재판소에서 집으로 돌아가는 길에 뒤에서부터 달려온 트럭을 피하지 못해 참으로 간단하게 목숨을 잃고 만다는 이야기다. 일종의 아이러니 소설이지만 살해하는 사람과 살해당하는 사람이 동일인이라는 트릭의, 극히 특이한 일례다.

이상은 '1인 2역'에 의한 뜻밖의 범인들인데, 내 트릭 표에는 '1인 2역 외의 뜻밖의 범인'이라는 항목도 있고 그것은 다음의 10종으로 나뉘어 있다.

① 탐정이 범인 ② 그 사건의 재판관, 경관, 형무소장

이 범인 ③ 사건의 발견자가 범인 ④ 사건의 기술자가 범인 ⑤ 범행을 저지를 만한 힘이 없는 유아나 노인이 범인 ⑥ 불구자, 중환자가 범인 ⑦ 시체가 범인 ⑧ 인형이 범인 ⑨ 뜻밖의 다수가 범인 ⑩ 동물이 범인

이 가운데 재미있을 것 같은 항목을 살펴보면 ①의 탐정이 범인이라는 것은 역시 독특한 착상이라고 할 수 있다. 그 사건을 담당해서 활약하고 있는 명탐정이 실은 진범이었다는 트릭은, 그것을 처음으로 접했을 때는 깜짝 놀라 커다란 쾌감을 느끼게 되는 법이다. 나는 소년 시절, 미쓰기 슌에이의 번안으로 르블랑의 〈813〉을 읽고 처음으로 이 트릭과 마주했는데 참을 수 없는 재미를 느꼈다.

르루의 〈노란 방〉 역시 이 트릭을 중심으로 하고 있지만, 그것을 읽은 것은 조금 더 뒤였다. 2번째였지만 이것도 매우 재미있었다. 탐정이 범인이라는 트릭은 누군가가 일단 사용하면 그 뒤에 나온 작품들은 흉내를 낸 것이기에 '또야?'라며 싫증이 날 법하지만, 그래도 이 같은 트릭을 쓴 유명한 작품들이 상당수 있다.

가장 먼저 나온 작품은 포의 〈네가 범인이다〉로, 순수한 탐정은 아니지만 처음부터 사건의 조사를 지도했던

인물이 마지막에 진범으로 밝혀진다는 줄거리인데, 과연 포는 이 트릭에 있어서도 선구적인 역할을 했다.

그 다음은 영국 작가인 이스라엘 쟁월의 장편 〈빅 보우 사건〉(1891)으로 1901년에 나온 〈노란 방〉, 1910년의 〈813〉보다도 훨씬 빠르다. 쟁월은 순문학자이기에 착상과 문장 모두 뛰어나서, '탐정이 곧 범인'과 '밀실 살인'이라는 2대 트릭을 마음껏 활용한 고전으로 좀 더 인정을 받아도 좋을 것이라 생각한다. 이 작품은 내가 패전 후에 제창해서 우리말로 번역되어 있다.

이 트릭은 쟁월, 르루, 르블랑 이후에도 영국의 필딩, 미국의 라인하트, 영국의 크리스티, 미국의 퀸 등의 장편과 체스터턴의 단편(2편)에서도 거듭 사용되었다. 일본의 작가 가운데서는 하마오 시로가 한 장편소설의 중심 트릭으로 사용했다.

탐정이 곧 범인이라는 내용에 이어 기묘한 것은 ④인 '사건의 기술자가 범인'이라는 트릭일 것이다. 이 소설은 국외자인 양하는 인물의 일인칭 기록으로 쓰여 있다. 독자는 그 기록 속에 나오는 인물 모두를 범인이 아닐까 일단 의심해보지만, 기록을 하고 있는 당사자는 전혀 문제 삼지 않는다. 기록하는 사람이 거짓말을 쓸 리 없다고 믿고 있기 때문이다. 만약 거짓을 쓴다면 그 소설이 엉터리가 되어버린다는 것이 상식이다.

이러한 맹점을 찔러 크리스티가 지금으로부터 30년쯤 전에 기록자가 실은 범인이었다는 장편을 써서 탐정소설계를 깜짝 놀라게 했다. 이 작품에서 기록자는 조금도 거짓말을 하지 않았다. 단지 한 군데 기록을 슬쩍 생략한 부분이 있을 뿐, 전체적으로는 진실을 기록했다. 그러면서도 기록자가 범인이니 작법에 상당한 기술을 요한다. 크리스티 여사는 그것을 솜씨 좋게 해냈다. 그리고 이 장편은 그녀의 대표작이 되었다.

이 작품에 대해서는, 기록자가 적극적으로 거짓말을 하지는 않았다 할지라도 중요한 부분을 생략했으니 역시 독자에 대해서 공평하지 않다는 비난이 있다. 그러나 이러한 비난은 탐정소설을 작가와 독자의 수수께끼 풀이 게임이라고만 생각하는 데서 온 것으로, 나는 그렇게 협소하게 생각하지 않아도 좋으리라 생각하고 있다. 실제로 여러 비평가들이 이 작품을 베스트 10에 포함시키고 있다는 사실만 봐도 그런 비난은 합당하지 않다고 생각한다.

이 기록자가 범인이라는 트릭에는 크리스티보다 앞선

선구자가 있었다. 작가가 스웨덴 사람이었기에 영미의 독서계에서 문제 삼지 않았던 것일 뿐이다. 그 작가는 스웨덴의 S. A. 두제라는 사람으로 〈스미르노 박사의 일기〉라는 장편이다. 앞서 이야기한 크리스티의 작품은 1926년에 나왔는데, 〈스미르노 박사〉는 1917년으로 10년이나 빠르다. 이 작품이 일본에 일찍 알려질 수 있었던 것은 법의학자인 후루하타 다네모토 박사 덕분으로, 후루하타 씨가 독일에 유학하던 중 베를린에서 이 책의 독일어 번역본을 발견해서 친구인 고사카이 후보쿠 박사에게 보냈고, 고사카이 씨가 1920년대 중반의 《신청년》에 번역해서 연재했기 때문이다.

이 트릭도 누군가가 한 번 사용하면 이후부터는 흉내가 되지만 그래도 그 뒤를 이은 사람이 여럿 있었다. 영국의 버클리와 브레이크가 같은 트릭을 되풀이했으며, 일본에서도 요코미조 세이시, 다카기 아키미쓰 두 작가의 대표적인 장편에 이 트릭이 사용되었다.

다음으로 기발한 것은 ⑦ 시체가 범인이라는 트릭일 것이다. 죽은 사람이 흉기를 휘둘러 사람을 살해한다는 것은 있을 수 없는 일이지만, 그처럼 있을 수 없는 일을 있을 법한 이야기로 다룬다는 데에 탐정작가의 고심이

있다. 그것은 아서 리스라는 작가의 〈죽은 자의 손가락〉
이라는 소설인데, 사실 시체는 도구로 사용될 뿐 진짜
범인은 따로 있다. 그러나 그 범인은 범죄현장에 없었기
에 알리바이가 성립되어 일단은 죽은 사람이 살인을 저
지른 셈이 된다.

그 방법은, 죽은 사람의 손에 권총을 쥐게 하고 손가락
을 방아쇠에 걸어둔 뒤, 그 권총이 발사되면 장례식을
치르고 있는 어떤 인물에게 명중하게 해놓은 다음, 범인
은 멀리로 떠나가 버린다. 그러면 밤이 깊어감에 따라서
사체경직이 일어나고 죽은 사람의 손가락도 경직되어
방아쇠에 힘이 더해지기에 권총이 발사되어 장례식을
치르던 사람이 총알에 맞게 된다는 것이다.

실제로는 그렇게 생각대로 되지 않는 법이지만 소설
로 그럴 듯하게 쓰면 일단 독자들을 납득시킬 수는 있다.
목표로 삼았던 사람이 맞을까 하는 문제와는 별도로 권
총의 발사만을 놓고 생각해보자면 충분히 가능하며, 실
제로 밴 다인이 〈켄넬 살인사건〉에서 그런 실제상의 사
건이 있었다는 사실을 기록했다.

이와 비슷한 것으로 '인형이 범인'이라는 트릭도 있
는데, 이는 별도 항목인 「기발한 착상」에서 다루었으니

여기서는 생략하기로 하겠다.

다음으로 ⑨ 뜻밖의 다수가 범인이라는 것도 조금은 재미있는 착상이다. 이는 크리스티가 어떤 장편에서 사용했는데, 달리던 열차 속에서 한 남자가 살해당한다. 난도질을 당한 듯 몸 전체에 칼에 찔린 자국이 여럿 있다. 그 차량에는 10여 명의 승객이 있었는데 한 사람 한 사람 조사를 해보았으나 누구도 범인을 알지 못한다고 했다. 일단은 범인이 달리는 열차에서 뛰어내려 달아난 것이라 여겨졌다. 하지만 마지막에 사실은 그 차량에 타고 있던 10여 명의 승객 전부가 범인이었다는 사실이 밝혀진다는 줄거리다.

10여 명의 승객은 모두 살해당한 사내에게 커다란 원한이 있었다. 이에 서로 합의하에 차 안에서 그 사내를 살해한 것인데, 누구도 밀고를 하지 못하게 하기 위해서 모두가 한 번씩 찔렀기에 난도질당한 것처럼 보인 것이다.

⑩ 동물이 범인은, 인간이 범인인 줄로만 알고 경찰에서는 수사를 하나 사실은 동물이 범인이었다는 의외성을 노린 것으로 포의 〈모르그 가의 살인〉을 처음 읽는 사람은 역시 신비한 놀라움에 사로잡힐 것이다. 그것은

잔혹한 살인사건이고, 또 '밀실 살인'인데, 경찰 쪽에서는 인간의 흉악범만을 찾고 있었으나 아마추어 탐정인 뒤팽이 한 가지 재미있는 단서에서부터 동물에 착안해 교묘하게 그 범인을 잡는다. 진범은 주인의 손에서 벗어난 오랑우탄이었다.

이 동물 범인 트릭은 그 후에도 매우 많이 쓰였다. 포 다음으로 유명한 것은 도일의 〈얼룩 끈[2]〉으로 피해자가 "얼룩 끈"이라고 말한 뒤 숨을 거두었기에 그 부근에 출몰하는 부랑자가 머리에 두르고 있는, 얼룩덜룩하게 염색한 천을 떠올려 그쪽으로 수사가 진행되지만, 사실은 독사를 몰래 기르고 있던 범인이 깊은 밤 침대에서 자고 있던 피해자 쪽으로 그 뱀을 몰아 살해한 것이었다. 뱀의 얼룩무늬가 한밤중에 본 피해자의 눈에는 얼룩 끈으로 보였던 것이다.

동물 범인에는 개, 말, 사자의 턱, 소의 뿔, 일각수, 고양이, 독거미, 벌, 거머리, 앵무새 등 온갖 종류가 사용되었는데 이 가운데서는 사자의 턱과 앵무새가 재미있다. ('사자의 턱'은 별도 항목인 「기발한 착상」에서 다루었으니 여기서는 생략하겠다.)

---

2) 당사의 《세계 3대 명탐정 단편걸작선》에 수록되어 있다.

'앵무새가 범인'은 절도사건이다. 영국 작가 모리슨의 오래전 단편에서 사용되었다. 창문이 조금 열려 있는 높은 층의 밀실. 문에는 자물쇠가 채워져 있고 창문은 열어놓아도 지상에서 몇 십 피트나 되는 높이에 있기에 밖에서 기어오를 수는 없다. 그럼에도 불구하고 그 실내에서 보석이 박힌 장신구를 도난당했다.

  그 보석은 방 안의 화장대 위에 놓여 있었는데 그것이 흔적도 없이 사라졌으며 그 옆에는 보석의 주인이 처음 보는 성냥개비가 하나 놓여 있다. 이 성냥개비가 사건 추리의 실마리가 된다. 결론을 말하자면, 그 범인은 앵무새 한 마리를 조련해서 도둑질을 하게 한 것이다. 앵무새는 높은 창문을 통해서 방으로 들어가 반드시 보석이 박힌 물건을 입에 물고 돌아오도록 훈련되어 있었다. 그런데 돌아올 때는 보석을 물고 있기에 문제될 것이 없지만, 들어갈 때에는 입이 자유롭기 때문에 앵무새인 이상 울거나 무슨 말인가를 할지도 모른다. 그것을 방지하기 위해 갈 때는 반드시 성냥개비를 물게 해서 소리를 내지 않도록 훈련해두었다. 그리고 보석을 발견하면 성냥개비를 놓고 보석을 물고 날아 돌아오도록 훈련시킨 것이었다.

'뜻밖의 범인'에는 이 외에도 '태양과 물병의 살인'이라는 기발한 것이 있는데 이것도 별도 항목인 「기발한 착상」에서 다루었으니 여기서는 생략하겠다.

앞서 이야기한 10종류의 트릭 가운데 ③ 사건의 발견자가 범인이라는 것도 약간 재미있으니 잠깐 이야기를 해보겠다. "사람이 살해당했습니다."라고 신고한 인물이 사실은 진범이었다는 식으로 생각하면 이 트릭은 참으로 평범하기에 나의 트릭표에 그런 것은 생략되어 있다. '발견자가 범인'이라는 트릭은 '밀실'과 조합하면 재미있는 내용이 된다. 그 적절한 예가 앞서 든 쟁월의 장편과 체스터턴의 단편 가운데 있다.

아침, 평소보다 훨씬 늦게까지 방에서 나오지 않기에 걱정이 되어 문을 두드려보기도 하고 불러보기도 했으나 대답이 없다. 이에 동네 사람들도 불러 문을 부수고 방으로 들어가 보니 방의 주인은 날카로운 칼에 목을 찔려 침대 위에 죽어 있었다. 아직 피가 콸콸 쏟아지고 있다. 조사를 해보니 그 방의 창문은 전부 안에서부터 단단히 잠겨 있었다. 하나밖에 없는 문도 안에서 잠갔기에 부수지 않고는 들어갈 수 없었다. 완전한 밀실이다. 그런데 범인은 방 안에 숨어 있지 않았다. 피해자는 이제

막 살해당했는데 범인이 달아난 출구가 전혀 없었다.

면밀히 조사를 해보았으나 문에도 창문에도 밀실을 만들기 위한 트릭을 사용한 흔적은 조금도 없었다. 만들어진 밀실이 아니라 진짜 밀실이다. 즉, 완전히 불가능한 범죄인 셈이다.

작가는 이 불가능을 어떻게 해서 가능하게 했을까? 다름 아니라 '기민한 살인'을 응용한 것이다. 진범은 문을 부수고 방 안으로 들어간 사람들 중 한 명이었다. 그는 면도칼처럼 작고 날카로운 흉기를 주머니에 준비해두었다. 문이 열리자마자 그는 가장 먼저 방으로 뛰어들어가 피해자의 침대로 다가가서 그 흉기로 민첩하게 자고 있던 사람의 목을 찌른 다음, "앗, 큰일 났다! 살해당했다."고 외친 것이다. 나중에 들어온 사람들은 그의 몸에 가려서 그가 찔렀다는 사실을 깨닫지 못했다. 설마 그렇게 빨리 해치웠으리라고는 누구도 생각조차 하지 못한다.

문을 두드렸을 때 피해자는 어째서 대답을 하지 않았던 것일까? 찔렸을 때 어째서 소리를 지르지 않았던 것일까? 그것은 피해자와 아는 사이인 범인이 전날 밤, 피해자가 잠들기 전에 어떤 음료에 다량의 수면제를 섞어 마시게 했기 때문이다. 이렇게 해서 사건의 첫 번째 발견자가 범인이었다는 트릭이 성립되었다.

'기민한 살인'은 이 외에도 여러 가지로 응용할 수 있는 트릭인데, 그 빠른 재주에는 검도의 달인이나 닌자의 단련된 손놀림을 연상시키는 부분이 있다.

《주간 아사히》 1955년 10월 10일, 〈추리소설 특집호〉

[부기] 졸고 〈영미 단편 탐정소설의 음미〉 가운데서, 이 기민한 살인을 다룬 체스터턴의 다른 작품을 예로 다룬 적이 있기에 참고로 함께 싣는다.

The Vanishing of Vaudrey(보드리 경 실종사건). 이 작품에는, 다른 작품에서는 예를 찾아보기 어려운 기발한 트릭이 창안되어 있다. 피해자는 그때 동네 이발소에서 면도를 하고 있었다. 이발소 바로 뒤를 강이 흐르고 있다. 또한 이 이발소는 담뱃가게를 겸업하고 있다. 범인은 함께 산책 나온 동행자를 밖에서 잠깐 기다리게 하고 담배를 사러 들어가서 주인이 면도기를 놓고 가게로 나와 주문한 담배를 찾는 겨우 2, 3초 사이에 얼른 이발실로 들어가 거기에 있던 면도칼로 목을 늘이고 눈을 가린 채 이발사를 기다리고 있던 피해자의 목을 찌른 뒤 잽싸게 원래 자리로 돌아와 태연한 얼굴로 담배를 받아들고 기다리게 했던 동행자가 있는 곳으로 가서 담배를 피우며 산책을 계속한다.

그 신속함은 '각이 진 모양'의 밀실을 부수고 뛰어든 첫 번째 발견자가 순간적으로 살인을 저지르는 트릭과 비슷하나, 동행자를 기다리게 해두고 물건을 사러 들어갔다가 슬쩍 해치운다는 착상은 상식을 뛰어넘는, 기괴한 유머와 공포를 가지고 있지만, 결코 유희적으로 살해한 것은 아니다. 거기에는 정말 부득이한 동기가 분명하게 만들어져 있다.

그러나 이발사가 냉정했다면 이 범행은 바로 발각되었을 테지만 이발사에게도 약점이 있으며, 또 소심하고 허둥대는 성격으로 만들어놓았다. 그는 어느 틈엔가 손님이 살해당한 것을 보고 이대로 신고를 했다가는 자신의 범행이라 여겨질 것이 분명하다고 생각했기에 기겁해서 시체를 뒤편의 강물에 던져버린다. 그것이 흐르고 흘러서 멀리 떨어진 곳에서 발견된다는 줄거리. 피해자가 이발소에 갔다는 사실은 아무도 몰랐으며, 이발사는 입을 굳게 다물고 있고, 범인에게는 동행자라는 알리바이가 있다. 어려운 사건이 되는데, 브라운은 시체의 얼굴이 반만 면도되어 있다는 사실에서 이발소를 떠올리고, 추리를 해서 범인을 지적한다.

3. 흉기로써의 얼음

　탐정소설은 비밀을 어렵게 할수록 흥미로워지기 때문에 실제에서는 도저히 일어날 수 있을 것 같지 않은 일을 마치 있을 법한 일인 양 묘사하는 경우가 많다. 그렇기에 탐정소설에서 다룬 범인의 트릭 가운데 실제 범죄에 응용할 수 있는 것은 극히 드물다. 그러나 한편으로는, 현실은 소설보다 더 기이하다는 말이 있는 것처럼, 그리고 사람이 생각하는 것은 결국 누군가에 의해서 실행되는 법이라는 생각이 있는 것처럼, 내외의 범죄기록을 면밀하게 점검해보면 소설가가 이것이야말로 나의 독창적인 것이라며 묘사한 범죄수법과 똑같은 실례가 있다는 사실을 발견하고 놀라는 경우도 없지는 않다. 그런 의미에서는 탐정소설의 공상도 실제상의 범죄와 완전히 무관하다고는 말할 수 없으리라.

　나는 제2차 세계대전 전에는 외국의 탐정소설은 그다

지 읽지 않는 편이었으나, 그 이후부터는 반대로 외국의 탐정소설만 계속해서 읽어 그것이 상당량에 이르렀다. 읽을 때마다 거기에서 사용된 범인의 트릭을 기록해 두었는데, 지금까지 읽은 전체를 분류해서 통계적으로 살펴보기도 했다. 그것을 표로 만들어보면 트릭의 총수 약 800가지 예, 이를 크게 나누어보면 다음과 같은 비율이 된다.

(1) 1인 2역, 대역 및 그 외의 인간에 관한 트릭 … 225가지 예

(2) 범죄수단에 관한 트릭(뜻밖의 흉기, 뜻밖의 독살수단, 여러 가지 심리적 트릭) … 189가지 예

(3) 시간에 관한 트릭(이동수단, 시계, 음향 등의 트릭) … 39가지 예

(4) 범죄의 흔적에 관한 트릭(발자국 트릭, 지문트릭 등 외에 탐정소설에서 가장 자주 사용되는 밀실 트릭이 포함되어 있다.) … 106가지 예

(5) 사람(시체를 포함) 및 사물의 생각지 못했던 은닉장소에 관한 트릭 … 141가지 예

(6) 암호트릭 … 37가지 예

이를 다시 세분하면 수십 항목으로 나눌 수 있는데

그 세분한 항목 가운데서 가장 많이 쓰인 것은 '1인 2역' 트릭으로 130가지 예, 두 번째로 많이 쓰인 것은 '밀실' 트릭으로 83가지 예, 이 2가지가 다른 항목보다 압도적으로 많이 쓰였다.

'1인 2역'이든 '밀실'이든 얼핏 생각하기에는 1번 사용되면 이후부터는 그것을 따라하는 것이 되어 전혀 흥미를 끌지 못하리라 여겨지지만, 의외로 그렇지가 않다. 그 안에도 다시 매우 많은 종류가 있어서 다른 종류의 것을 생각해내면 역시 독창성이 느껴지기에 새로운 흥미가 솟아오른다. 이에 탐정작가는 같은 '1인 2역', 같은 '밀실' 트릭을 여러 가지 각도에서 생각해서 이전 사람들이 깨닫지 못한 새로운 수법을 발견하기 위해 노력했고, 위에서도 볼 수 있는 것처럼 오랜 세월이 지나는 동안 100가지에 이르는 서로 다른 트릭이 고안되었다.

나는 이들 자료를 바탕으로 〈유형별 트릭 집성〉이라는 것을 작성했는데, 여기서는 일단 그 가운데 극히 일부분만을 들어 시험적으로 써보기로 하겠다. 그것은 앞서 기술한 (2) 범죄수단에 관한 트릭 가운데 '뜻밖의 흉기'의 극히 일부인 '얼음에 의한 트릭'에 대해서다.

내가 채집한 '뜻밖의 흉기'의 종류는 63가지 예였다.

그런데 그 가운데 얼음을 사용한 트릭이 응용범위가 가장 넓어서 예가 10가지나 된다. 얼음이 트릭흉기로 그렇게 많은 사용법을 가지고 있는 것은, 주로 물이 얼 때의 팽창력과 얼음의 용해성에 의한 것이다.

물이 얼 때의 팽창력은 물통을 깰 정도의 힘을 가지고 있기 때문에 이를 이용해서 지렛대와 선의 메커니즘을 고안하면 심야의 온도가 가장 내려갔을 때 천장에서 단검을 떨어뜨리기도 하고, 어딘가에 고정해놓은 권총을 발사시키기도 하는 등 여러 가지 이용법이 있지만, 내가 패전 후 채집한 실례 가운데 이런 종류의 것은 하나도 없었다. 사건 이튿날이 따뜻한 날이라면 사체가 발견될 무렵에는 얼음이 녹아 있기에, 설마 얼음이 동력이 되었다고는 눈치 채지 못하리라는 점에 이 트릭의 묘미가 있지만, 메커니즘이 상당히 어려워서 그것의 카무플라주가 힘들고, 탐정소설에서는 복잡한 메커니즘이 재미를 반감시키는 경우가 많기 때문에 이런 종류의 트릭은 저명한 작품에서는 그다지 사용되지 않았다. 나는 어딘가의 인용문에서 물이 동결할 때의 팽창력을 이용해서 권총을 발사시킨다는 줄거리의 서양 탐정소설이 있다는 사실을 읽었을 뿐이다.

용해성은 팽창력에 비해서 이용도가 훨씬 더 넓다. 일반적인 원리를 이야기해보자면, 목적으로 한 실내에 한 덩어리의 얼음을 놓고 그 위에 판자와 같은 것을 올려놓으면 얼음이 녹음에 따라서 판자의 위치가 낮아진다. 그 얼음에 추를 달아놓으면 상당한 동력이 된다. 또 반대로 얼음 자체를 추로 삼아 녹아감에 따라 무게가 줄어드는 것을 이용할 수도 있다. 이러한 힘을 바탕으로 메커니즘을 생각하면 혹은 권총을 발사시키고, 혹은 단검을 낙하시키고, 혹은 수면제로 의식을 잃은 피해자의 목을 조르는 것까지 가능하리라. 거기에 한편으로 시체 발견을 늦추는 수단을 강구한다면 발견 시에는 얼음이 녹고 흐르는 물까지 증발해서 어떤 흔적도 남지 않게 된다는 묘미가 있다. 그러나 이것도 역시 복잡한 메커니즘을 생각해야 하기 때문에 뛰어난 작품에는 예가 드물다.

'밀실'과 얼음조각

직접적인 흉기는 아니지만 얼음 조각이 '밀실'을 만드는 데 이용되는 경우도 있다. '밀실 살인'이란 그 방의 창문에도 문에도 내부에서부터 잠금장치가 되어 있어서 금고처럼 밀폐되어 있는데 그 안에 피해자가 쓰러져 있다. 사람들이 문을 부수고 방으로 들어가 범죄를 발견하지만 범인은 어디에도 없다. 유령처럼 사라져버린 불가능 상태를 말한다. 이 '밀실'을 구성하는 데에는 앞서도 이야기한 것처럼 80종에 달하는 서로 다른 트릭이 고안되었는데, 그 가운데 범인이 목적을 달성하고 문 밖으로 나온 뒤 외부에서 어떤 종류의 메커니즘을 이용해 문 안쪽의 자물쇠, 혹은 빗장을 걸어두고 떠나는 수단이 있다. 이 수단에는 일고여덟 종류의 서로 다른 트릭이 있는데 그 가운데 하나로 얼음조각이 이용되었다. 이는 문의 잠금장치가 금속 빗장인 경우로, 범인은 목적을 달성한 뒤 실내의 모든 흔적을 지우고 문에 달려 있는 빗장의 받침쇠 안에 얼음조각을 끼워 빗장이 떨어지지 않도록 한 다음 밖으로 나와서 문을 조용히 닫고 떠난다. 얼음조각이 녹아감에 따라서 빗장은 밑으로 내려오고, 전부 녹으면 문이 완전히 잠기는 방법이다(87쪽 그림 참조). 문에 받침쇠가 없는 경우에는 빗장의 받침점에 가까운 곳, 문과 빗장 사이에 아래에서부터 쐐기 모양의 얼음조각을 끼워놓아도 같은 결과를 얻을 수 있다. 이러한 경우, 얼음 대신 눈을 사용한 작가도 있다. 눈 덩어리를 빗장의 받침점에 가까운 문의 판에 붙여 떨어지지 않도록 한 다음 밖으로 나와 문을 닫는다. 눈이 녹아감에 따라서 빗장이 걸리게 되는 것은 얼음과 마찬가지다.

얼음 총알

얼음을 총알 모양으로 깎아 총기에 장전해서 신속하게 발사하는 방법이 있다. 날카로운 얼음조각이 피해자의 체내로 들어가 탄흔은 남지만, 해부해 보아도 총알은 발견되지 않는다. 체내에서 녹아버리기 때문이다. 기괴한 유령 총알인 셈이다. 이를 한층 더 그럴듯하게 하기 위해서 인간의 피를 총알 모양으로 동결시켜 발사하는 것을 생각해낸 작가도 있다. 그 혈액탄이 녹으면 피해자의 피와 섞여서 한층 더 밝혀내기 어려워진다는 것이다 (물론 혈액형이 같은 피가 안전하리라). 또 다른 작가는 얼음은 아주 빨리 쏘지 않으면 발사하기 전에 녹아버릴 우려가 있다며 암염을 총알 모양으로 깎아서 쓰는 방법을 생각해내기도 했다. 체내에서 소금이 녹아 염분이 남기는 하지만 인체에는 원래 다량의 염분이 포함되어 있으니 구별할 수 없으리라는 것이다.

이 얼음 총알의 착상은, 반드시 근대 탐정작가의 발상이라고 할 수 있는 것은 아니다. 존 딕슨 카의 글에 의하면 옛날 이탈리아의 메디치 가에서 얼음조각을 활로 쏘아 사람을 죽였다는 전설이 있으며, 더욱 거슬러 올라가면 1세기의 로마 시인 마르티알리스의 에피그람마에 이와 비슷한 방법이 노래되어 있다고 한다. 근대 탐정작가 중에도 얼음조각을 활로 쏘는 트릭을 사용한 예가 있다. 전부 흔적이 녹아버린다는 기지에 바탕을 둔 것이다.

나는 예전에 이것과 같은 일이 우연히 일어나 인명을 앗아간 사실담을 읽은 적이 있다. 틀림없이 캐럴린 웰스가 『탐정소설의 기교』 초판본에 어떤 범죄기록에서 인용한 글이었을 것이라 생각한다. 여름의 한낮, 번화가의 인도에서 사람이 쓰러져 목숨을 잃는다. 가슴에 탄흔이 있다. 조사를 해보아도 부근에 총기를 소지하고 있던 사람은 없었다. 해부를 해보니 신기하게도 관통총상이 아님에도 불구하고 체내에는 총알이 없었다. 참으로 이해할 수 없는 사건으로 당국을 혼란스럽게 했으나, 판명된 바에 의하면 그것은 뜻밖에도 얼음을 실은 트럭의 장난이었다.

얼음을 가득 실은 트럭 1대가 지나갈 때 얼음 덩어리 하나를 떨어뜨렸다. 그 뒤를 이어 무거운 짐을 실은 트럭이 달려왔는데 그 타이어가 얼음덩어리 위를 통과했기에 얼음이 산산조각 났고 날카로운 파편 하나가 총알과 같은 기세로 인도까지 날아들어 통행인의 체내에 박힌 것이었다.

얼음 단검

얼음 총알에 이어 재미있는 것은 얼음 단검이라는 착상이리라. 그 가장 간단한 방법으로는 날카로운 끝을 가진 기다란 얼음조각으로 사람을 찔러 죽이고 얼음이 녹아버릴 때까지 시체가 발견되지 않도록 하면 설령 범인이 현장에 있다 할지라도 흉기가 없기 때문에 결백을 주장할 수 있게 된다. 흉기는 범인이 가지고 달아났다고 생각하는 것이 가장 자연스럽기 때문이다.

얼음 칼을 다룬 작품 가운데는 더욱 재미있는 것이 있다. 이는 과학자와 소설가의 합작으로 영국의 단편인데 대략적인 줄거리를 써보자면, 불치의 병으로 죽음을 선고받은 인물이 타살로 위장하고 자살해서 그 죄를 원한이 있는 친구에게 덮어씌우려 했다. 그 인물은 평소 사우나를 좋아해서 커다란 터키식 목욕탕의 단골이었는데, 어느 날 뜨거운 증기가 피어오르고 있는 밀폐된 방 하나에 들어간 채 언제까지고 나오지 않기에 살펴보니 가슴에서 피를 흘리며 죽어 있었다. 누군가의 단검에 찔린 것이라고밖에 여겨지지 않았다.

바로 그때 그가 혐의를 씌우려 했던 친구가 터키식 목욕탕의 손님으로 그가 들어갔던 사우나 근처를 돌아다니고 있었다는 사실이 밝혀져 예상대로 의심을 받게 되나 흉기인 단검은 아무리 찾아보아도 나오지 않는다. 어딘가에 교묘하게 숨긴 것이라 여겨졌기에 그 친구는 고발당했다. 이때 명탐정이 등장해서 조그만 단서로 사건의 진상을 다음과 같이 간파한다.

자살자는 고드름 모양의 날카로운 얼음조각을 보온병에 담아 사우나실 안으로 들어가 그것으로 자신의 심장을 찔러 죽은 것이다. 그는 이전부터 보온병을 사우나 안으로 가지고 들어가는 습관을 들여 여러 사람들이 그것을 보게 했다. 사우나 안에서는 목이 아주 마르기 때문에 차가운 차를 담아 수시로 마시기 위한 것이라는 구실이었다. 따라서 명탐정 외에는 누구도 이 보온병을 의심하는 사람이 없었다.

일반적인 방이라면 커다란 얼음조각이 녹는 데 시간이 걸리겠지만 사우나의 열기 속에서는 그것이 매우 빨리 녹고, 또 얼음이 녹은 물도 증기 때문에 떨어진 물에 섞여 흔적은 조금도 남지 않는다. 이처럼 모든 절호의 조건이 갖추어진 사우나와 얼음 칼 트릭을 연결했다는 점에 이 소설의 묘미가 있는 것이다. 이와 비슷한 착상으로 추운 지방에서 커다란 고드름을 흉기로 삼아 사람을 죽인 이야기를 쓴 작가도 있다.

독을 품은 얼음

카터 딕슨의 장편 탐정소설 가운데 이런 작품이 있다. 냉장고의 작은 칸막이가 되어 있는 제빙함 속에 독극물을 주입해서 얼려두었다가 칵테일을 만들 때 이를 꺼내 상대방이 보는 앞에서 셰이커 속에 넣고 자신이 한 모금 마셔 보인다. 그때는 독 얼음이 아직 녹지 않았기에 아무런 일도 일어나지 않는다. 이야기로 정신을 팔리게 해서 시간을 보낸 뒤, 셰이커 속의 독 얼음이 완전히 녹았을 때쯤 잔에 따라서 상대방에게 마시게 한다. 이를 제삼자에게 목격하게 해두면, 범인도 한 모금 마셨기 때문에 혐의에서 벗어날 수 있다. 빈 잔에 누군가가 미리 독극물을 넣어둔 것이라고 판단하게 된다. 일본에서도 작년이었던가의 《보석》 별책 신인집에 이와 같은 트릭을 사용한 단편이 있었던 것으로 기억하고 있다.

드라이아이스

드라이아이스가 녹으면 탄산가스가 된다는 점을 이용해서, 한여름에 밀폐된 작은 방에 다량의 드라이아이스를 놓고 피해자가 잠든 사이에 그것을 녹이면 탄산가스 때문에 사망한다는 소설을 일본의 작가가 쓴 적이 있다. 더욱 대범한 착상으로는 액체 공기로 인간 자체를 얼려 그것을 해머로 두드려 산산조각 내버린다는 줄거리를 생각한 작가도 있다.

꽃 얼음의 살인 및 기타

또 한 가지 빼놓을 수 없는 것은 꽃을 넣어 얼린 피서용 얼음기둥으로 살인을 했다는 착상이다. 어떤 인물이 정원 구석에 쓰러져 죽어 있는 것이 발견되었다. 머리를 둔기로 얻어맞은 듯 두개골절이 치명상이다. 그런데 면밀하게 조사를 해본 결과 살인이 행해졌으리라 여겨지는 시간 전후로 정원의 그곳에 접근한 사람은 아무도 없었다는 사실이 밝혀진다. 또한 그 부근에서 상처에 부합하는 돌이나 그 외의 둔기는 아무것도 발견되지 않았다. 참으로 신기한 사건이다. 이때 명탐정이 나타나서 시체 근처에 떨어져 있던 여름 꽃에 주목한다. 그것은 줄기의 뿌리 부근에서 잘라낸 꽃꽂이용 꽃인 듯했는데, 여름의 뙤약볕을 받아 완전히 시들어 있었다. 명탐정은 이 꽃을 보고 피서용 꽃 얼음을 떠올린다. 그러고 보니 시체는 이웃집인 3층 건물의 뒤편에 쓰러져 있었다.

만약 그 3층 창에서 누군가가 피해자의 머리를 향해 커다란 꽃 얼음을 던졌다면 모든 상황이 들어맞는다. 꽃 얼음은 시체가 발견되기까지 뙤약볕 때문에 녹아버리고 그 수분도 말라버렸지만, 꽃 얼음 속의 여름 꽃만은 지면에 남아 있는 것. 탐정이 이 추정을 바탕으로 그 건물에 사는 사람들을 조사해본 결과 과연 3층 창으로 꽃 얼음을 던진 사람이 있었다는 줄거리다.

이 외에도 얼음을 이용한 살인에 대한 착상은 여러 가지가 있다. 예를 들어 동결한 호수의 한 곳에 인간이 빠질 정도의 구멍을 뚫고 그 위에 다시 얼음이 얼기를 기다렸다가 스케이트를 타자고 피해자를 불러내 교묘하게 그 얇은 얼음 위를 지나게 해서 과실사로 보이게 한다는 착상. 역시 추운 지방의 사건으로 피해자가 심야의 언덕길 아래에 웅크리고 앉아 한동안 움직이지 않을 만한 특수한 사정을 소설의 줄거리로써 만들어낸다. 범인은 그것을 알고 있고, 눈을 뭉쳐 사람에 가까운 모양으로 만들어 그 앞면에 단검의 자루 쪽을 찔러 넣어 피해자가 언덕 아래 웅크려 앉아 있을 시간에 그 눈사람이 언덕을 미끄러져 내려가도록 메커니즘을 준비해둔다. 그리고 자신은 두어 명의 친구들과 어딘가 멀리 떨어진 곳에서 술을 마신다. 예정된 시간이 되면 메커니즘의 작용으로 눈사람이 언덕을 미끄러져 내려가기 시작하고 가속도로 힘이 더해져 웅크리고 있는 피해자의 등을 찌른다. 흉기는 현장에 남아 있지만 사람이 접근한 흔적은 어디에도 없다. 술을 마시던 친구들의 증언으로 알리바이는 완벽하다. 마침 그 주변에는 쓸어 모은 눈이 야트막하게 쌓여 있었는데 눈사람은 부서져 쌓여 있던 눈과 섞여버렸다. 그러나 이 목적을 달성하기 위해서는 피해자의 위치와 눈사람이 미끄러지는 길이 완전하게 일치해야 하기 때문에 실제 문제로는 불가능에 가깝지만, 이것은 소설이니 그에 부합하는 상황을 적절하게 만들어 독자들이 부자연스러움을 느끼지 못하도록 미리 장치를 해둔다.

내가 채집한 얼음을 흉기로 사용하는 착상은 대체로 위와 같다. 이처럼 트릭만을 밝혀놓으면 참으로 유치한 듯 보이지만, 소설로 읽으면 일단은 고개를 끄덕일 수 있을 정도로는 적혀 있다. 탐정작가는 이들 뼈대가 되는 트릭에 소설의 기교로 살을 덧붙여 박진감을 부여해야 한다. 여기에 탐정소설의 어려움이 있는 것이다. 그 기교에 따라서는 이들 트릭이 참으로 그럴 듯하게 느껴져, 독자들을 깜짝 놀라게 할 수도 있는 것이다.

여기에 열거한 것과 같은 복잡한 트릭이 실제 사건에서 사용되는 경우는 거의 없다. 설령 사용되었다 할지라도 소설에서처럼 생각대로 될 리가 없으며, 머리를 짜내면 짜낼수록 거기에 반드시 어떤 단서가 남아 오히려 발각을 앞당기는 결과를 초래할 뿐이리라. 실제 사건에서는 단순하고 터무니없는 범죄가 수사에 훨씬 더 애를 먹는 법이다. 하지만 이처럼 기발한 범죄수단을 생각해내는 사람이 전혀 없으리라고는 장담할 수 없다. 앞서도 이야기한 것처럼 얼음 화살에 대한 착상이 메디치 가의 오래전 기록에 남아 있다는 사실, 얼음조각이 지나가던 사람의 가슴에 박혀 총상으로 오인되었던 사건이 있었다는 사실을 생각해보아도 일어날 가능성이 전혀 없는 것은 아니다. 현실은 소설보다 더 기이하다는 말에 비추어 생각해보자면, 실제 범죄수사에 관심이 있는 사람이 탐정작가의 기발한 착상 역시 일단은 기억해두는 것도 반드시 쓸데없는 일만은 아닐 것이다.

(《범죄학 잡지》 1952년 3월 복간호)

4. 특이한 흉기

　서양의 사례에 앞서 일본 에도 시대의 예를 잠시 생각해보자면, 특이한 흉기로는 우쓰노미야의 움직이는 천장과 핫켄덴의 '후나무시' 이야기가 떠오른다. 피해자가 잠을 자고 있을 때 그 방의 천장 전체가 떨어져내려 압사해버린다는 것은, 참으로 대대적이고 기상천외한 생각으로 프랑스의 《지고마》나 《로캄볼》과 비슷한 착상이다. 도일의 셜록 홈즈 이야기 가운데 〈기술자의 엄지손가락〉이라는 것이 있는데, 공장의 거대한 철제 실린더 안에 갇혀 머리 위에서부터 수백 톤이나 되는 철제 천장이 서서히 내려오는 공포를 묘사한 작품이지만 우쓰노미야의 움직이는 천장은 그것보다 훨씬 더 대대적이어서 연극적 요소가 강하다.

　핫켄덴의 '후나무시'라는 악녀 이야기는 고사카이 후보쿠의 〈살인론〉을 읽고 알게 된 작품으로 그 내용은 다음과 같다.

「이때부터 후나무시는 교차로로 나가 매일 밤 해변에 서 있는 자들 가운데서 손님을 끌어오는 것뿐만 아니라, 그 품속에 물건이 있으면 관계를 맺을 때 입을 맞추는 척하다 혀를 깨물어 죽인 뒤 시체를 바다에 던졌는데, 오바나이는 기둥서방이 되어 처음부터 그 부근에 있다가 애를 먹이는 자가 있으면 힘을 합쳐서 기세를 꺾어 달아나지 못하게 하고」

입맞춤을 할 때 상대방의 혀를 깨문다는 착상은 이른 바 선정적이고 기묘한 부분이 있어서 상당히 재미있다. 혀를 깨물면 치명상이 될지 안 될지는 모르겠지만, 일시적으로 기절할 만큼의 고통은 줄 수 있으리라. 서양의 독살법 가운데 캡슐에 넣은 독약을 입에 물고 있다가 입맞춤할 때 상대방의 입 속으로 밀어 넣는다는 이야기가 있지만, 혀를 깨무는 쪽이 훨씬 더 이채롭다.

서양 탐정소설에서 트릭으로 사용된 특이한 흉기로는 얼음을 칼 대신 사용한 방법이 가장 재미있다. 끝을 뾰족하게 만든 얼음 파편으로 사살하면 흉기는 녹아 사라져 버리기에 증거가 남지 않는다. 불가능이라 여겨지는 살인이 행해지게 되는 셈이다. 얼음의 이용법에는 여러 가지가 있어서 오래된 것으로는 기원전 1세기 로마의 시인인 마르티알리스의 에피그람마에 날카로운 얼음의 기다란 파편을 화살 대신 활에 걸고 쏘는 방법이 노래되어 있다. 중세에 들어서는 이탈리아 메디치 가의 누군가가 이 방법을 실제로 써서 사람을 살해한 것으로 전해지고 있다. 역시 흉기로 사용된 화살이 녹아 사라져버린다는 데 이 방법의 특징이 있다. 그 외에도 얼음을 이용한 방법에는 여러 가지가 있지만 거기에 대해서는 별도 항목인 「흉기로써의 얼음」에서 자세히 설명했으니 여기서는 되풀이하지 않겠다. 얼음 외에 가장 기발한 흉기로는 '태양과 물병의 살인'이라는 것이 있다. 이것도 종종 이야기한 적이 있으니 생략하기로 하겠다.

내가 서양 탐정소설 가운데서 채집한 특이한 흉기의 예는 60여 개가 있으나, 소설로서는 재미있지만 그 방법만을 떼어내어 기록하면 이렇다 할 것도 없는 내용들이 많다. 그 가운데서 가능한 한 기발한 것들을 예로 들어보자면, 탐정소설에 익숙한 사람들에게는 신기할 것도 없지만 '가속도에 의한 살인'이라는 것이 있다. 한 남자가 철제 투구가 깨져 두개골이 바수어진 채 길 한가운데서 죽어 있다. 옆에 조그만 쇠망치가 하나 떨어져 있다. 그런 망치로 철제 투구를 깬다는 것은, 인간의 몇 배나 되는 거인이 아니면 불가능한 일이다. 언뜻 불가능한 살인처럼 보인다. 진상은 거기에 솟아 있는 높다란 탑 위에서 망치를 떨어뜨린 것이었다. 조그만 망치라도 가속도가 붙으면 커다란 힘을 갖게 된다. 즉, 가속도 살인이었던 셈.

동물을 흉기로 이용한 트릭 가운데도 여러 가지로 재미있는 것이 있다. 어떤 소설에서는 막대기 끝에 사자 발톱과 똑같이 생긴 쇠붙이를 묶은 것으로 사람을 때려 살인을 저지른다. 부근에 사자가 있는 장소에서 사자의 발톱 자국과 같은 흔적이 남은 살인이 행해졌기에 일종의 괴담과도 같은 공포를 느끼게 한다.

기차 안에 한 여성이, 머리에 철제 지팡이에라도 찔린 것과 같은 상처를 입은 채 쓰러져 있다. 동승했던 승객 모두가 조사를 받았으나 그런 흉기를 소지한 사람은 아무도 없다. 또한 여성을 살해할 만한 동기를 가진 사람도 전혀 없었다. 이해할 수 없는 살인사건으로 미궁에 빠지려 할 때 명탐정이 진상을 발견한다. 그 열차와 스쳐지난 화물열차의 한 차량에 소가 실려 있었다. 그 소가 창으로 머리를 조금 내밀고 있을 때, 이쪽의 여성도 상반신을 창으로 내밀고 있었기에, 서행 중이기는 했으나 우연히도 소의 뿔이 여성의 머리를 받는 상황이 되었던 것이다. 밤에 일어난 일로 동승했던 승객들은 잠을 자고 있었기에 이 사건을 알지 못했다는 내용이다.

한 남자가 길에 쓰러져 있다. 경관도 와서 여러 가지로 논의를 하고 있을 때 명탐정이 나타난다. 그리고 이 살인의 흉기는 지구라고 말한다. 터무니없이 커다란 흉기라는 점에 재미가 있다. 그러나 이는 단지 역설에 불과하고 그 남자는 사실 높은 층의 창에서 떨어져 죽은 것이었다. 다시 말해서 남자의 치명상은 딱딱한 땅바닥에 부딪쳐서 생겨난 것이니 이 사건의 흉기는 곧 지구 자체라는 역설에 지나지 않지만, 탐정소설에서는 이러한 역설이 매우 재미있는 효과를 내게 하는 경우도 있다.

유리도 얼음처럼 여러 가지로 사용되었다. 날카로운 유리 파편으로 사람을 죽이고 그 유리의 피를 잘 닦은 다음 옆에 있던 어항 속에 넣어둔다는 트릭이 있다. 범인은 현장에 있지만 흉기가 없다. 칼 따위, 순간적으로 숨길 여유가 없었다는 사실을 알고 있다. 설마 어항 바닥의 유리판이라고는 생각지 못하는 것이다.

가루처럼 빻은 유리를 음식물에 섞어서 먹게 하면 유

리 가루가 위벽을 찔러 출혈을 일으키기에, 죽지는 않는다 할지라도 중태에 이르게 된다. 이를 살인수단으로 사용한 탐정소설은 아주 많다. 이는 독약의 일종이라고 할 수도 있지만, 미세한 흉기라고도 볼 수 있으리라.

정맥에 공기를 주사하면 경우에 따라서는 죽는 일도 있는데 탐정소설에서는 이것도 살인수단으로 자주 사용된다. 독극물을 주사하는 것이 아니라 아무런 해도 없는 공기를 주사해 목숨을 빼앗는다는 점에서 묘한 공포가 느껴지기 때문이리라.

(《단편소설집》 1953년 11월 증간)

5. 밀실 트릭

　여기에 완전히 밀폐된 서양식 방이 하나 있다. 창은 전부 안쪽에서 걸쇠를 걸어놓았고, 모든 문은 안쪽에서 잠갔다. 그 방 안에서 사람 하나가 살해당했다. 이상하게 생각했으나 열쇠가 없기에 문을 부수고 사람들이 실내로 들어가 보니 시체가 쓰러져 있다. 그런데 신기하게도 범인의 모습은 어디에서도 보이지 않는다. 안쪽에서 문을 전부 잠갔으니 범인이 도망칠 길은 어디에도 없었을 터였다. 자세히 살펴보아도 천장, 벽, 바닥에 비밀 문 같은 것은 전혀 없다. 난로의 굴뚝은 좁아서 어린아이도 빠져나갈 수 없다. 환기창도 마찬가지로 좁다. 사람 하나가 연기처럼 사라졌거나, 달팽이처럼 몸을 마음껏 신축해서 문 아래의 틈으로라도 기어나간 것이라고밖에 여겨지지 않는다.

　참으로 섬뜩하고 신기한 수수께끼다. 만약 이 완전히

불가능하게 보이는 수수께끼를 합리적으로 풀어낼 수만 있다면 얼마나 통쾌할까 하는 것이 소설 속 밀실 트릭의 기원이다. 탐정소설은 언뜻 불가능한 것처럼 보이는 이상한 사건을 기지와 논리로 명쾌하게 풀어내는 재미가 중심이 되는 것인데, 이러한 흥미의 전형적인 예가 이 밀실사건이다. 글로 묘사된 불가능한 정황이라는 것은 어딘가에 빈틈이 있는 듯 여겨져 확고부동한 느낌을 주기 어려운 법이지만, 밀실은 그것이 기하학의 도식처럼 구체적이고 애매한 부분이 조금도 없어서 독자에게 불가능하다는 느낌을 가장 명확하게 전달할 수 있다는 특징이 있다. 따라서 지금까지의 탐정작가 중에서 평생에 1번도 밀실사건을 다루지 않았던 사람은 1명도 없다고 해도 좋으며, 또 평생 밀실사건만을 다루는 작가까지 나타나게 된 것이다.

탐정소설의 역사 가운데 이 밀실의 '불가능'을 가장 먼저 주제로 삼은 작품은 포의 〈모르그 가의 살인〉인데, 이 포의 작품이나, 훨씬 뒤에 나온 르루의 〈노란 방〉에 테마로써 시사를 준 실제 사건이 있었다. 나는 지금으로부터 40여 년 전인 1913년, 《스트랜드 매거진》 12월호에 조지 심스가 그것에 대해서 쓴 글을 읽었는데, 지금도 노트에 붙어 있다. 요약하자면, 심스가 지금으로부터 100년쯤 전이라고 썼으니 19세기 초라고 여겨지는데, 파리의 몽마르트에 있는 한 아파트의 최상층, 지상 60피트나 되는 한 집에서 살고 있던 Rose Delacourt라는 아가씨가 낮이 되어도 일어나지 않기에 경관이 문을 부수고 안으로 들어가 보니 아가씨는 가슴을 찔려 침대에 쓰러진 채 죽어 있었다. 흉기는 피해자의 몸에 그대로 꽂혀 있었는데 굉장한 힘으로 찌른 듯, 그 끝이 등까지 뚫고 나와 있었다. 창은 안에서 잠겨 있었고, 유일한 입구인 문은 안에서 열쇠로 채워놓았으며 열쇠는 열쇠구멍에 꽂힌 채였고, 거기에 걸쇠까지 걸려 있었다. 유일한 통로는 난로의 굴뚝이었으나 조사를 해보니 아무리 마른 사람이라 할지라도 빠져나간다는 것은 불가능한 일이었다. 도난품은 아무것도 없었으며 원한관계도 수사선상에 떠오르지 않았다. 이 사건은 그 후 범죄연구가에 의해서 논의되었으나 100년이 지난 지금(1913년)까지도 미해결인 채 남아 있다는 것이다.

그런데 밀실의 비밀을 다룬 이야기는 훨씬 고대로까지 거슬러 올라간다. 헤로도토스가 기원전 5세기에 집필한 《역사》 속에 기원전 1200년 무렵의 이집트 왕 람프시니투스의 이야기가 있는데, 거기서 밀실의 비밀에 대한 원시형을 볼 수 있다. 왕의 보물창고를 세우라는 명령을 받은 건축기사가 자신의 아들들을 위해서 비밀통로를 만들어놓고 그것을 여는 방법을 유언으로 남겼으며, 아들들이 그곳으로 숨어들어 보물을 훔친다는 이야기다. 같은 그리스의 기원전 2세기의 작가인 파우사니아스도 건축가 아가메데스와 트로포니우스의 이야기에 역시 비밀통로가 있는 밀실의 비밀을 기록했다.

또 하나 오래된 예로는 구약성경 외전에 실린 〈벨 이야기〉가 있다. 바빌론 왕이 벨이라는 우상을 숭배하고 있었다. 양과 곡식과 무수한 공물을 바친 뒤 신전의 문을 닫고 자물쇠를 채워 누구도 들어가지 못하게 해두어도 하룻밤 사이에 공물이 전부 사라져버린다. 기이한 밀실의 비밀이다. 이는 벨이라는 신이 먹는 것이라고 믿어져 왔으나 다니엘이라는 청년이 탐정 역할을 맡아 그 비밀의 장치를 폭로한다. 신전 안의 제단 아래에 비밀통로가 있어서 밤이면 성직자들이 그곳을 통해 숨어들어 공물을 가지고 간 것이었다.

헤로도토스의 기록도 그렇고, 성경 외전도 그렇고, 비밀통로가 있으니 지금의 눈으로 보자면 공평하지 못한 수수께끼지만, 그런 식으로 보자면 포의 〈모르그 가〉도 창의 걸쇠가 내부에서 부려져 있었으니 공평하지 못한 것이다. 그렇다면 그러한 결점이 없는 최초의 '밀실' 소설은 무엇일까? 도일의 〈얼룩 끈〉(작품이 실린 《홈즈의 모험》은 1892년 출판)과 쟁월의 장편(1891년 출판)이 거의 동시에 쓰였지만, 〈얼룩 끈〉의 단순함에 비해서 밀실로는 역시 후자의 장편 쪽이 더 읽는 맛이 있다. 이 작품은 서양에서도 크게 주목하고 있지 않지만, 당시로서는 가장 진보적인 밀실 트릭을 썼고, 또 커다란 트릭의 선편을 잡았다는 의미에서도 매우 중시해야 할 것이다.

한편 나는 각종 트릭을 ① 범행 시 범인이 실내에 없었던 것 ② 범행 시 범인이 실내에 있었던 것 ③범인과 피해자가 실내에 없었던 것, 3가지로 크게 분류하고, 그것을 다시 세분해서 다음과 같이 나누어보았다.

서양 작가가 '밀실의 분류'를 시도한 예는 2가지를 알고 있다. 하나는 카의 〈3개의 관〉 속의 「밀실강의」라는 장, 또 하나는 클레이튼 로슨의 〈실크해트에서 튀어나온 죽음〉 속의 「질문하지 말라」라는 장이다. 후자는 마술사 탐정인 멀리니가 카의 주인공인 펠 박사의 '밀실

강의'를 이용해서 카와는 조금 다른 분류를 한 것인데 양쪽 모두 (A) 진짜 밀실, 범인은 탈출 불가능했다. 따라서 범인은 범행 시 실내에 없었던 것 (B) 가짜 밀실, 범인이 범행 후 탈출한 뒤 밀실을 구성한 것, 2가지로 크게 나누고, 카의 펠 박사는 (A)를 7개 항목으로 (B)를 5개 항목으로 나눈 데 비해서, 멀리니는 (A)를 9개 항목으로 (B)를 5개 항목으로 나누고 거기에 항목 (C)를 더했다.

나의 다음 분류는 이 두 사람을 참조로 하기는 했으나 나의 것은 두 사람의 것과 약간 다른 통일원리에 따랐으며, 두 사람에는 없는 것도 약간 더했기에 대조를 위해서 나의 각 항목 아래에 괄호를 붙여 (F·A·1) (M·B·2)와 같은 식으로 부기하겠다. F는 펠 박사의 분류, M은 멀리니의 분류를 의미하며, A·B는 각각의 대분류, 1·2는 각각의 소분류 항목번호를 나타낸다.

(A) 범행 시 범인이 실내에 없었던 것

(1) 실내의 기계적 장치에 의한 것(F·A·3) (M·A·4)

★ 전화의 수화기를 들면 송화구에서 탄환이 발사.

★ 수화기에 강한 전류를 흐르게 해서 그것을 든 자를

살해.

★ 벽의 구멍에 권총을 설치해놓고 그 뚜껑을 열면 발사.

★ 탁상시계나 벽시계의 태엽을 감으면 시계 안에서 총알이 발사.

★ 높은 천장에 무거운 단검을 실로 매달아놓고 벽을 따라 그 실을 바닥까지 연결해서, 피해자가 방 안으로 들어와 열쇠로 문을 잠근 뒤 두어 걸음 걸으면 그 실에 걸리고 천장의 실이 끊어져 단검이 피해자 위로 떨어지는 것.

★ 천장에 무거운 화분을 매달아놓은 방으로 그것을 끈으로 당겨 한쪽 편에 묶어놓고, 피해자가 그 끈을 만지면 화분이 진자처럼 떨어져 피해자의 머리에 부딪치는 것.

★ 침대에 독가스 발생장치를 해놓아 거기에 누운 사람을 수면 중에 살해.

★ 얼음이 녹거나 얼을 때 발생하는 무게의 변화를 이용해서 철사 등의 메커니즘으로 벽에 장치한 권총을 발사시키는 것.

★ 화학약품에 의한 시한 방화.

★ 시계와 전류에 의한 시한폭탄으로 화재를 일으키는 것.

전부 유명 작가의 작례(作例)가 있지만 트릭이 기계적 장치에 지나지 않아서 유치함의 범주를 넘어서지 못한다.

(2) 실외에서 원격살인(조금 열린 창. 단 지상 3층 이상의 방으로 창을 통해서 침입이나 탈출은 불가능. 혹은 조그만 틈이 있는 밀실) (F·A·6) (M·A·6)

★ 맞은편 빌딩의 창에서 날밑이 없는 단검을 총에 장전해서 발사.

★ 창을 통해서 암염으로 만든 총알을 발사. 암염은 피해자의 체내에서 녹아버린다.

★ 피해자가 창밖으로 머리를 내민 순간 한 층 위의 창에서 올가미로 묶은 밧줄을 그의 목에 걸고 끌어올려 교살. 그대로 시체를 바깥의 창을 통해 땅 위로 내리면 공범자가 그것을 근처 숲의 나뭇가지에 매달아 액사(縊死)를 가장한다.

★ 피해자의 의복에 미리 화약 흔적을 남겨놓고, 창밖에서 쏜 권총을 창을 통해 실내로 던져 넣어, 실내에서 쏜 것처럼 보인다.

[이후부터는 창, 또는 틈새가 1층의 밀실에 있는 경우]

★ 아래 그림1과 같은 신축집게로 밤에 살짝 열려 있는 창의 커튼 사이를 통해 실내의 탁자 위에 있는 흉기를 집어내고 다른 흉기로 바꾸어 증거를 인멸한다.

그림1

★ 비단실을 묶은 독화살을 틈새로 쏘아 피해자를 쓰러뜨린 뒤 밖으로 빼낸다.

이 외에도 몇 줄로는 설명할 수 없는 이런 종류의 트릭이 여러 가지로 있지만 그 가운데 매우 유명한 작품의 예를 하나만 들어보자면,

★ 피해자는 밀폐된 방에서 가슴에 작은 독화살을 맞아 죽어 있다. 어디에도 틈새는 없다. 통풍구에도 촘촘한 철망이 쳐져 있다. 창문이나 문의 판자를 떼어냈던 흔적도 전혀 없다. 그럼에도 명탐정은 "이 방에는 네모난 창이 있다."고 단언한다. 경찰관이 아무리 생각해보아도 네모난 창은 발견되지 않는다. 하지만 서양식 방에는

반드시 네모난 창이 있기 마련이다. 과연 어디일까? ―
정답, 문의 손잡이. 둥근 손잡이가 달린 문의 손잡이 속
금속 봉은 사각형이다. 그것이 지나고 있는 구멍도 사각
형이고, 그 문 속에 있는 사각형의 구멍 자체가 회전하게
되어 있다. 이 네모난 봉에 둥근 손잡이 부분을 끼우고
나사로 고정해놓는 것이다. 우선 바깥쪽 손잡이의 나사
를 드라이버로 풀어 봉만 남겨둔 뒤 그것을 가느다란
철사로 묶어 가만히 실내로 밀어 떨어뜨린다. 철사로
묶어놓았기에 바닥에는 떨어지지 않고 공중에 매달려
있게 된다. 그렇게 하면 작고 네모난 구멍이 나타난다.
이것이 '네모난 창'이다. 피해자가 내부에서 문 가까이
로 다가오기를 기다렸다가 작은 활로 가느다란 독화살
을 그 구멍을 통해서 쏜다. 목적을 달성하고 나면 철사를
당겨 봉을 원래대로 잘 끼운 뒤 손잡이를 나사로 고정시
키고 지문을 지운 다음 떠나는 순서다.

　미국의 한 소년 작가가 이 트릭에 도전장을 내밀었다.
네모난 창도 재미있지만 문에는 훨씬 더 간단한 맹점이
있다는 것이었다. 그것은 2개의 연결된 방이 있는데 안
쪽의 방에 피해자가 될 남자가 한 사람 앉아 있다. 2개의
방 경계에 있는 문은 벽과 직각으로 열린 채다. 안쪽

방에 그 문 외에 다른 틈새는 전혀 없다. 이어진 방에는 도로에 면한 창이 열려 있고 밖으로 나가는 문도 있어서 개방적이다. 그 이어진 방의 창 앞에 놓인 의자에는 여성 한 명이 앉아 있다. 그런 상태에서 총성이 들리고 안쪽 방에 있던 남자가 쓰러진다. 이러한 경우 권총을 쏠 수 있었던 것은 이어진 방에 있던 여성 외의 다른 사람은 생각할 수 없기에 혐의를 받게 되지만, 그녀는 범인이 아니었다. 흉기인 권총도 발견되지 않는다. ─이 미스터리의 비밀. 신형의 커다란 경첩이 달린 문은 벽과 직각이 되게 열어두면 경첩부근에 폭 1치 정도의 세로로 기다란 틈새가 생긴다. 권총의 명수인 진범이 이어진 방의 창문 밖에서 그 틈새를 통해 피해자를 쏘았다. 여자는 창문을 등지고 앉아 있었기에 그 사실을 알지 못했던 것이다.

(3) 자살은 아니지만 피해자 자신의 손으로 죽음에 이르게 하는 트릭(F·A·2) (M·A·3)

★ 충치 치료 중에 충치에 끼웠던 고무가 빠져 거기서 출혈이 일어난 것을 이용해 피에 직접 섞이지 않으면 효과가 없는 독약인 쿠라레를 진통제가 든 작은 병에 섞어 피해자에게 밤에 먹으라고 준다. 피해자는 밀실 속에서 그것을 먹었는데 쿠라레 독이 이의 출혈부를 통

해서 혈관으로 들어가 죽었다. 범인은 발견자들 속에 섞여서 가장 먼저 방으로 들어가 문제의 작은 병을 숨긴 다는 방법.

★ 사전에 괴담적인 공포 심리를 부여해서, 혹은 실외에서 유독가스를 주입하는 등의 방법으로 피해자를 착란상태에 빠뜨려 가구에 머리를 부딪치거나, 혹은 소지한 흉기로 자살하게 한다. (펠 박사의 강의의 예)

(4) 밀실 안에서 타살을 가장한 자살(F·A·4) (M·A·2)

★ 별도 항목인 「흉기로써의 얼음」의 '얼음 단검'을 참조. 이를 밀실에서 행하면 이 트릭이 된다.

★ 요코미조 세이시의 〈본진 살인사건〉도 이것의 좋은 예.

(5) 자살을 가장한 타살 (F·M 모두 없음)

★ 거대한 김나지움의 건물 안에 혼자 들어가 단식 고행을 하고 있던 수행자가 며칠이 지나도 나오지 않기에 내부에서 열쇠로 잠근 문을 부수고 들어가 보니 수행자는 침대에 쓰러진 채 굶어죽어 있었다. 침대 옆의 선반 위에 여러 가지 음식물이 풍성하게 놓여 있었지만 거기에는 전혀 손을 대지 않았다. 단식 수행자의 의지력이

사람들을 경탄케 한다. 하지만 이것은 사실 타살이었다. 수행자는 어마어마한 금액의 생명보험에 들었는데 그 수령자를 4명의 인도 제자로 해두었다. 4명의 제자가 그 보험금을 노리고 기발한 방법으로 수행자를 살해한 것이었다. 수행자가 실내에서 수면제를 먹도록 미리 일을 꾸며놓은 다음, 끝에 갈고리를 묶은 밧줄을 4개 준비해 두었다가 그가 깊은 잠에 빠졌을 때를 가늠해서 넷 모두 김나지움의 높은 지붕으로 올라간다. 지붕 꼭대기에는 채광창이 있다. 사람이 드나들 수는 없지만 환기구의 가로대 사이로 손 정도는 넣을 수 있다. 넷 모두 갈고리가 달린 밧줄을 하나씩 들고 그 틈새를 통해서 실내로 늘어뜨려 갈고리를 수행자의 침대 네 다리에 건 다음, 힘을 합쳐서 침대를 천장 가까이까지 끌어올린다. 그리고 밧줄을 채광창의 봉에 묶어 침대를 허공에 매달아놓은 채 지붕에서 내려온다. 김나지움의 천장은 매우 높고 수행자는 고소공포증이 있기 때문에 잠에서 깨어나도 뛰어내릴 마음은 도저히 들지 않는다. 멀리 눈 아래의 선반에 음식물이 놓여 있는 것이 보이지만 그것을 집을 방법이 없다. 며칠 후, 네 악한은 다시 지붕으로 올라가 수행자가 굶어죽은 것을 확인한 뒤, 밧줄을 풀어 침대를 가만히 원래 자리로 내려놓은 다음, 일부러 문을 부수고 들어가 수행자의 죽음을 발견한 것처럼 행동한다. 너무 엉뚱해서 한심하게 느껴질 정도의 이야기지만 〈육교 살인사건〉의 저자이자 〈탐정소설 십계〉의 필자이기도 한 녹스가 이것을 썼고, 3개의 걸작집에 선정되어 있다.

★ 앞서 이야기한, 위층의 창에서 목을 걸어 밑으로 내리고 나뭇가지에 매달아 액사한 것처럼 가장한다는 트릭 역시 생각하기에 따라서는 이 항목에도 속한다.

(6) 실내에서의 인간 이외의 범인(F·A·6의 내용 속) (M·A·5)

포의 〈모르그 가의 살인〉의 오랑우탄, 도일의 〈얼룩끈〉의 독사, 다른 항목에서 말한 앵무새의 보석 절도 등. (두 번째와 세 번째 예는 창문이 반쯤 열린, 혹은 틈새가 있는 밀실에도 속한다.) 이 항목에서 가장 교묘한 것은 별도 항목인 「기발한 착상」에서 기술한 태양과 물병의 살인이다. 포스트, 혹은 에도가와가 가장 먼저 사용했다.

(B) 범행 시 범인이 실내에 있었던 것

(1) 문, 창문, 혹은 지붕에 장치한 메커니즘

밀실구성의 트릭으로 초기에는 이 방법이 가장 많이

사용되었다. 1900년대 초반에 젠킨스의 단편에서, 범인이 밖으로 나와 문 안쪽의 열쇠 구멍에 꽂혀 있는 열쇠를 핀셋과 실의 장치로 돌려 문을 잠그는 트릭을 읽었을 때는 매우 재미있는 것이었으나, 그 후 밴 다인을 비롯한 많은 작가가 이 메커니즘의 온갖 변형을 생각해냈기에 이제 이런 종류의 트릭은 진부해져서 누구도 사용하지 않게 되었다.

(ㄱ) 우선 문을 조작하는 메커니즘부터 시작하겠다. 창문의 메커니즘은 그것의 응용에 지나지 않으니 나중에 간단히 설명하면 되리라. 문의 장치라는 것은, 범인이 피해자를 살해하고 시체를 방에 남겨둔 채 문을 통해서 밖으로 나온다. 그리고 문을 닫은 다음 안쪽에서 잠금장치를 해놓았던 것과 같은 상황을 나중에 만들어놓는 것이다. 즉, 외부에서 안쪽의 열쇠를 돌려 자물쇠를 채우는 방법이다. 그렇게 하면 범인은 절대로 탈출 불가능이었다는 불가사의가 성립된다.

여기에는 3가지 조건이 있다. 하나는, 이 경우 열쇠는 단 하나밖에 없으며 여벌을 만들 여유가 전혀 없었다는 상황을 독자에게 분명히 해두어야 한다. 또 하나는, 서양식 문의 열쇠 구멍은 양쪽으로 뚫려 있어서 안쪽에서도,

바깥쪽에서도 열쇠를 꽂을 수 있다는 점. 세 번째는, 서양식 문은 문의 아랫부분과 바닥 사이에 반드시 얼마간의 틈이 있다는 점. 이 3가지가 여기에 기술한 트릭의 전제조건이다.

문의 잠금장치에는 일반적인 열쇠, 쐐기, 빗장의 3종류가 있는데 이 3종류에 대해서 각각 트릭이 고안되었다.

① 열쇠의 경우(F·B·1) (M·B·1) ⟨그림2 참조⟩

★ 범인은 밖으로 나오기 전에 문의 안쪽 열쇠구멍에 열쇠를 꽂아놓고, 열쇠 끝 쪽의 고리모양으로 된 구멍 속에 부젓가락 같은 것을 꽂은 뒤 그 한쪽 끝에 튼튼한 비단실 등을 묶어 그 실을 아래로 늘어뜨리고, 문과 바닥 사이의 틈을 통해서 밖으로 빼둔다. 그런 다음 밖으로 나와 문을 닫고 복도로 빼놓은 실을 당기면 부젓가락이 회전해서 열쇠가 돌아가고 부젓가락은 자연스럽게 아래로 떨어진다. 이를 실을 당겨 틈새를 통해 밖으로 빼낸 뒤 주머니에 넣고 그곳을 떠난다. 부젓가락이 아니어도 금속의 막대모양이면 무엇이든 상관없다. 대나무나 목재는 중량감이 떨어지기 때문에 생각한 것처럼 아래로 떨어지지 않을 우려가 있다. 핀셋이어도 상관없다. 열쇠

에 고리모양의 부분이 없
는 경우라면 열쇠 끝의 편
평한 부분에 핀셋을 끼워
두면 같은 작용을 한다.
단, 이 경우에는 아래로 떨
어뜨릴 때 조금 강하게 당
기지 않으면 안 된다.

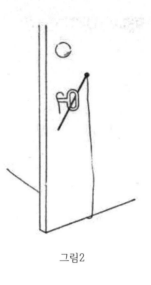

그림2

★ 소설에서는 이런 방
법이 재미있지만, 실제 문
제인 경우라면 이런 수고

를 할 필요도 없다. 얇은 강철로 된 핀셋 모양의 물건으
로 끝은 뾰족하지 않고 얇으며, 그 안쪽에 미끄러지지
않도록 줄무늬가 있는 도구를 준비하면 된다. 범인은
안쪽의 열쇠구멍에 열쇠를 꽂아두고 밖으로 나와 문을
닫은 뒤 바깥의 열쇠구멍으로 이 도구의 끝을 가만히
넣고 더듬듯이 해서 안쪽에 꽂혀 있는 열쇠의 끝부분을
집어 힘껏 회전시켜 문을 잠그면 된다. 이 방법은, 소설
에서는 조금도 재미있지 않지만, 실제로는 가장 좋은
방법이다. 미국 등에서는 이런 도구가 범인사회에 널리
알려져 있어서 '우스티티'라는 이름까지 붙어 있다.

② 쐐기형 잠금장치의 경우(F·B·3) (M·B·1) 〈그림3 참조〉

★ 쐐기형 잠금장치의 끝 쪽에 핀셋을 꽉 끼워 웬만한 힘으로는 움직이지 않도록 한 뒤, 그 핀셋의 끝 쪽에 기다란 비단실을 묶는다. 그런 다음 쐐기형 잠금장치가 움직이는 방향의

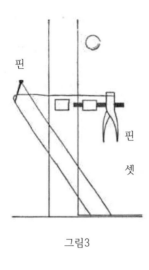

핀

핀
셋

그림3

벽에 핀을 단단히 박아 받침점으로 삼는다. 핀셋의 실을 이 핀에 걸고 아래로 늘어뜨려 문 밑의 틈새를 통해 밖으로 뽑아놓은 다음 그것을 당기면 쐐기가 걸린다. 더욱 세게 당기면 핀셋이 벗겨져 바닥에 떨어진다. 이것을 실로 당겨 틈새를 통해 빼낸다. 하지만 이것만으로는 벽에 아직 핀이 남아서 단서가 되기 때문에 핀의 머리에도 미리 다른 비단실을 묶어두었다가 작업이 끝나면 그 실을 당겨 문 밑의 틈으로 핀도 문 밖으로 빼낸다. 이 외에도 여러 가지 방법이 있으나 전부 이 원리의 응용이다.

③ 빗장의 경우(F·B·4)
(M·B·1) 〈그림4 참조〉

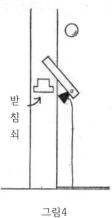

그림4

★ 문에 빗장이 달려 있고 문틀 쪽에 그 받침쇠가 달려 있다. 혹은 반대의 경우도 있다. 빗장이 받침쇠에 끼워져 있으면 문은 열리지 않는다. 이러한 경우 빗장이 받침쇠에 끼워지지 않도록 조금 위로 올려서 빗장의 안쪽 부분과 문의 판자 사이에 나무든 종이든 상관없으니 쐐기(그림의 검은 삼각형이 쐐기)를 끼워 고정시킨다. 이 쐐기에 비단실을 묶어 역시 문 밑의 틈을 통해서 밖으로 빼내고 그 실을 당겨 쐐기를 밖으로 빼낸다. 쐐기가 빠지면 빗장은 자연스럽게 끼워지는 장치다.

★ 이 쐐기로는 초와 얼음이 이용되는 경우도 있다. 얼음을 쐐기로 사용하는 경우에 대해서는 별도 항목인 「흉기로써의 얼음」의 '밀실과 얼음'에서 자세히 설명했으니 여기서는 생략하기로 하고, 초를 이용하는 방법은, 받침쇠와 빗장 사이에 초를 끼워 불을 붙여놓으면 초가 다 타버렸을 때 빗장이 끼워지게 되는 장치인데 이는

촛농이 그 주위에 떨어져 남기 때문에 발각될 위험이 많다.

★ 또 어떤 유명한 작가는 문 밖에서 강력한 자석을 이용해서 빗장을 움직이는 방법을 생각해냈으나, 자석은 기지가 부족한 듯하여 그다지 놀라운 트릭은 아니다.

④ 이상은 서양식 문의 메커니즘이고,

★ 일본의 유리를 끼운 격자문이나 유리창에는 나사형 잠금장치가 많은데, 도둑들은 이를 밖에서 푸는 트릭도 생각해냈다. 그것은 얇고 날의 이가 촘촘한 톱을 문과 문의 틈새에 끼워 넣고 나사형 잠금장치의 나사 부분에 톱날의 이를 대서 인내심을 가지고 나사가 풀어지는 방향으로 톱을 움직여 그 잠금장치를 여는 방법이다. 이런 내용을 쓰면 범죄수법을 가르쳐주는 것 아니냐며 야단을 맞을지도 모르겠으나, 도둑사회에서 이는 주지의 사실로 특별히 배우지 않아도 누구나 알고 있는 방법이다. 그보다는 피해자 쪽이 이러한 사실을 잘 모르는 듯하니 이 내용을 적는 것은 일반인에 대한 경고로써 오히려 의미가 있지 않을까 생각한다. 일본의 도둑은 밀실 같은 건 만들지 않지만 이를 밀실에 응용하면 역시 하나의 트릭이 될 수도 있다.

⑤ 문의 잠금장치를 떼어낸다. (F·B·2) (M·B·2)

★ 카에 의하면 이는 서양에서 아이들이 자물쇠를 채워놓은 작은 장에서 과자를 훔쳐 먹을 때 곧잘 사용하는 방법이라고 한다. 잠긴 자물쇠는 그대로 내버려놓은 채 드라이버로 문의 잠금장치 자체를 떼어내 그곳을 열고 출입한다. 그리고 잠금장치를 다시 원래대로 해놓는다. 이 트릭은 열쇠를 완전히 무시한 채 전혀 다른 곳에 주목했다는 점에서 기지가 느껴져 재미있다. 단, 이는 잠금장치가 바깥쪽에 달려 있는 문이 아니면 쓸 수 없는 방법이라는 것은 말할 필요도 없다. 이 트릭도 쟁월 이후 탐정작가들이 종종 사용했다.

⑥ 착각을 이용한 빠른 손놀림(F·B·5) (M·B·5)

★ 범인은 열쇠를 가지고 밖으로 나와 밖에서 문에 열쇠를 채우고 열쇠는 주머니에 넣는다. 그리고 범인도 사건 발견자 가운데 한 사람이 되어 문을 부수고 실내로 들어가 모두가 시체로 달려간 틈을 이용해서 주머니에 있던 열쇠를 몰래 문 안쪽의 열쇠구멍에 끼워놓는다. 문을 조사하는 것은 시체를 확인한 후가 되기 때문에, 그때는 사람들 모두 안쪽에서 열쇠를 채운 것이라고 믿어버리게 된다.

★ 이러한 경우 만약 문 위의 환기창을 자유롭게 여닫을 수 있다면, 이런 수고를 할 필요도 없이 바깥에서 문을 잠그고 열쇠를 환기창으로(혹은 만약 문 밑의 틈새가 넓다면 그곳을 통해서) 실내에 던져놓으면 일단 목적은 달성할 수 있다. 그러나 이는 안쪽의 열쇠구멍에 끼워져 있는 것만큼 강력한 증거가 되지는 않는다.

⑦ 2개의 열쇠를 이용한 트릭(F·M 없음)

★ 똑같은 열쇠를 2개 준비해서 하나를 문 안쪽에 끼워놓고 밖으로 나와 문을 닫은 뒤 제2의 열쇠를 바깥에서 열쇠구멍에 넣으면 안쪽의 첫 번째 열쇠는 밀려 실내로 떨어진다. 그리고 그대로 밖에서 열쇠로 문을 잠그면 밀실이 된다. 그러나 이 경우도 환기창으로 던져 넣는 것과 같은 효과밖에 얻지 못한다.

(ㄴ) 창에 장치를 하는 메커니즘

★ 창의 트릭도 포의 〈모르그 가의 살인〉 이후 여러 가지로 고안되었다. (포의 것은 창문의 걸쇠가 안쪽에서 부러져 있어서 사실은 누구라도 여닫을 수 있었다는 사실이 감춰져 있었기에 밀실 트릭으로서는 언페어하다.) 일본의 창문에는 나사형 잠금장치가 많지만, 서양식 가운데 위아래로 열게 되어 있는 유리창문은 빗장 형태의

잠금장치가 사용되고 있다. 이 빗장을 밖에서 걸 수만 있다면 밀실이 구성되는 셈이다. 이것도 끈이나 철사를 이용하지만 창에는 문처럼 적절하게 이용할 수 있는 틈새가 없기 때문에, 창문에 구멍이 있는 경우에는 거기로 끈이나 철사를 밖으로 빼서 문의 경우와 같은 조작을 한다.

★ 어떤 작품에는 그 유리에 구멍을 내기 위해서 미리 유리를 향해 권총을 쏘아 구멍을 만들어놓는다는 내용이 있다. 그렇게 하면 그 권총 발사가 의심을 받지만 진짜 범죄와 시간적으로 일치하지 않기 때문에 수수께끼가 한층 더 복잡해져 소설이 재미있어진다. 밀실 구성을 가능케 하기 위한 수단으로 과장스럽게 권총을 발사한다는, 역설적인 흥미가 있다. (이상 F·M 없음)

★ 끈이나 철사가 필요 없는 방법도 있다. (M·B·3) (F 없음) 그것은 유리를 하나 떼어내 그곳으로 손을 넣어 잠금장치를 한 뒤, 다시 원래대로 유리를 끼우고 퍼티를 발라두는 것이다. 그러나 이는 퍼티를 새로 발라야 하기 때문에 들킬 위험성이 높다.

(ㄷ) 지붕을 들어 올리는 트릭(F·M 없음)

★ 트릭이 더 이상 생각나지 않으면 작가들은 극단적

인 방법을 생각해낸다. 문이나 창문 정도로는 미적지근하다. 지붕 자체를 들어 올리면 되지 않을까 하는 기발한 생각을 하게 된다. 3, 4년 전에 퀸 잡지의 콘테스트에 입선한 〈51번째 밀실〉이라는 것이 그것으로, 창이나 문은 완전한 밀실 상태로 내버려두고 범인은 작은 기중기로 지붕의 일부를 들어올려 그 틈으로 출입한 다음 지붕을 다시 원래대로 내려놓는 방법이다. 이는 지붕의 구조에 따라서 불가능한 경우도 있고 내려놓아도 결코 원래대로는 되지 않으리라 여겨지지만, 지붕이라는 건 완전히 수사의 맹점에 들어 있기 때문에 그런 점을 조사할 염려는 없으리라 생각된다. 이는 문의 경우에서, 열쇠가 걸려 있는 쪽에는 손을 대지 않고 반대로 경첩을 떼어내 문 전체를 움직인다는 착상을 한층 더 확대한 것으로, 인간의 의표를 찌르는 역설적인 기지라고 해야 할 것이다.

★ 그런데 일본의 한 작가는 한 걸음 더 나아가서 지붕의 일부가 아니라 판잣집의 지붕 전체를, 커다란 나뭇가지에 건 도르래와 밧줄로 뚜껑이라도 열듯 위로 들어올려 그곳으로 출입한다는 진기한 생각을 해냈다. 이쯤 되면 진지하게는 쓸 수 없다. 체스터턴풍의 유머로 다루

지 않으면 실패로 끝나버리고 만다.

★ 그러나 위에는 위가 있는 법이어서 2, 3년 전에 후타바 주자부로에게서 들은 말인데, 미국의 작가가 훨씬 더 극단적인 방법을 생각해냈다. 우선 야외에서 사람을 살해한 뒤, 그 시체 위에 급히 서둘러 움막을 짓고 밀실을 만든다는 착상이다. 간단한 움막이라면 하룻밤 사이에 지을 수 있으니 불가능한 방법은 아니다. 기상천외하고 진기한 생각이다.

(2) 실제보다 나중에 범행이 있었던 것처럼 보인다

(ㄱ) 소리로 위장하는 트릭. (F·M 없음)

★ 범인은 살인 후, 앞서 이야기한 방법에 따라 문에 설치한 메커니즘으로 밀실을 만든 뒤 떠난다. 그 후 제삼자가 그 방 앞을 지날 때 살해당한 인물의 이야기소리가 문 너머로 들려오게 한다. 이렇게 하면 그 시간에 피해자는 아직 살아 있었다는 사실에 대한 증인이 만들어진다. 한편 범인은 그 시간에 다른 장소에서 친구 등을 만나 알리바이를 만들어둔다. 그러면 밀실의 불가능 외에도 피해자가 살아 있을 때 범인은 친구와 이야기를 나누고 있었으며 현장에는 잠시도 다가가지 않았다는 확증이 생겨난다. ─이 트릭의 비밀. 피해자를 속여서 미리 죽음

기의 레코드에 피해자의 이야기소리를 녹음해두었다가 살인 후 밀실 안에 그 레코드를 걸어놓고 적당한 시간에 돌도록 장치를 해두는 것이다.

★ 권총에 의한 살인인 경우에는 이 레코드 대신, 진짜 살해를 할 때는 소음권총으로 하고 난로 안에 화약을 설치, 도화선을 길게 해서, 범인이 다른 곳에서 제삼자와 이야기를 나눌 때 발화하도록 하면 그 소리로 살인은 그때 행해진 것이라 여겨지고, 범인은 확실한 알리바이가 있기에 혐의를 벗을 수 있다.

★ 둔기에 의한 구타살인의 경우에는 범행보다 훨씬 뒤에 밀실 안에서 무엇인가가 쓰러지거나 떨어지도록 장치를 해두어 그 소리가 났을 때 살인이 행해진 것이라고 생각하게 만드는 방법도 있다.

★ 또 범인이 복화술사인 경우에는 밀실을 만들어둔 뒤, 문 밖에서 제삼자가 지나가기를 기다렸다가 복화술로 문 안에서 들려오는 소리처럼 피해자의 목소리를 흉내 내어 아직 살아 있는 것처럼 꾸미는 방법도 있다.

(ㄴ) 시각을 속인다. (F·M 없음)

★ 앞서 기술한 것은 귀에 대한 기만이었고, 이번에 기술할 내용은 눈에 대한 기만이다. 밤, 책상에 기대앉은

채 권총에 맞아 죽은 시체의 그림자가 2층 창의 커튼에 어려 있다. 정원에서 불꽃놀이가 벌어져 여러 사람이 그 창을 보고 있다는 점을 이용, 범인은 자신의 그림자는 보이지 않도록 해서 시체의 방향을 바꾼다. 아직 살아 있는 사람의 그림자처럼 보이게 해서 살인 시간을 속인 뒤, 그 방을 밀실로 만들면 완전한 알리바이가 생기게 된다. 이 외에도 시각을 기만해서 범행 시간을 속이는 트릭은 여러 가지가 있지만 간단히는 적을 수 없는 경우 가 많다. 전부 원리는 이와 마찬가지다.

(ㄷ) 또한 1인 2역 트릭과 밀실 트릭을 조합한 것. (F·A·5는 이의 변형) (M·A·7)도 있다.

범인, 혹은 공범자가 범행 후 피해자로 분장해서 사람 앞에 모습을 드러내 알리바이를 만드는 방법도 있다.

(ㄹ) 이러한 종류의 트릭 가운데서 가장 뛰어난 것은 르루의 〈노란 방〉이리라. (F·A·1)

범인에게 호의를 품고 있는 여자가 침실에서 범인에 게 구타당해 중상을 입지만 여자는 범인을 감싸기 위해 중상을 숨기고 침실에서 나가지 않는다. 그리고 잠시 후에 침실 안에서 문을 잠그고 잠을 자는 동안 악몽을 꾸어 침대에서 떨어진 것 같은 소리를 낸다. 문 밖에 있던 사람들이 놀라 문을 두드리지만 답이 없기에 문을 부수고 들어가 보니, 여자는 바닥에 쓰러져서 정신을 잃었다. 살펴보니 끔찍한 타박상이다. 침대에서 떨어져서 생길 만한 상처가 아니다. 그러나 여자가 범인에게 맞았다는 사실을 절대로 말하지 않았기에, 소리가 났을 때에는 실내에 있던 범인이 문을 부수는 사이에 출구가 전혀 없는 방에서 사라져버린 것이라고는 생각할 수 없었기에 신기한 밀실사건이 구성된다. 이렇게 요약을 해서 쓰면 재미없는 듯하지만, <노란 방>의 심리적 맹점을 이용한 이 트릭은 오랜 역사를 가진 밀실 트릭 가운데서도 가장 뛰어난 것 중 하나다.

(3) 실제보다 앞서 범행이 있었던 것처럼 보인다. (M·A·8) (F 없음)

이는 밀실에서의 신속한 살인이다. 이에 대해서는 별도 항목인 「뜻밖의 범인」의 ③ '사건의 발견자가 범인'에서 상세히 설명했으니 여기서 되풀이하지는 않겠다.

(4) 가장 간단한 밀실 트릭. (M·C)

이는 로슨의 주인공인 멀리니가 밀실강의 속에서, 카의 펠 박사의 강의에는 없는 것이라며 (A), (B) 외에 따로 (C)를 설정해서 자랑스럽다는 듯 이야기한 트릭이지만 사실은 유치한 눈속임으로, 범인은 범행 후 방에서 나가지 않고 사람들이 문을 뜯어 열기를 기다린다. 그리고 문이 열리면 열린 문과 벽 사이에 몸을 숨기고 있다가 모두가 시체 쪽으로 달려간 틈을 이용해서 실외로 탈출하는 방법이다. 언뜻 보기에는 어처구니가 없는 듯하지만, 실제 문제로는 의외로 가능성이 있는 듯 여겨진다.

(5) 기차와 배의 밀실

진행 중인 열차, 항해 중인 배는 외부와 격리되어 있기 때문에 열차, 혹은 배 자체가 밀실을 구성한다. 특히 서양 기차의 별실은 흔히 볼 수 있는 밀실의 무대이기에 소설에서 자주 사용된다. 비행기도 마찬가지이기는 하지만 이는 트릭이 어렵기 때문인지 여객기를 밀실 트릭에 사용한 작품으로는 이렇다 할 만한 것을 알지 못한다. 이들은 밀실의 무대가 특이하다는 점 외에, 트릭의 원리는 건물의 경우와 같다.

(C) 범행 시 피해자가 실내에 없었던 것. (F·A 번호 없음) (M·A·9)

밀실사건에서 피해자도 실내에 없었다고 하면 이상하게 들릴지 모르겠으나,

★ 다른 곳에서 살해한 시체를 그 방으로 가져와 밀실

을 구성하거나,

★ 혹은 피해자가 중상을 입은 뒤 그 방까지 가서 어떤 이유로 내부에서 문을 잠그고 죽는 경우가 있다. 그 이유는 범인을 감싸기 위해서이거나, 자신에게 상처를 준 적이 뒤쫓아 오는 것을 두려워하거나, 둘 중 하나다. 이러한 경우 피해자가 목숨을 잃으면 사정을 전혀 알 수 없기에 매우 신기한 사건이 된다. 밀실이 구성되었으니 범인이 만든 밀실일 것이라 생각해버리기 때문에 진상을 알 수 없게 되는 것이다. 밀실 트릭에 대해서 잘 알고 있는 사람일수록 이 트릭에는 더 잘 속는다. 밀실 소설 가운데서는 일종의 의표를 찌른 방법이라고 해야 하리라.

★ 이 항목에 속하는 것 가운데, 실외에서 살해한 시체를 밀실 상태인 미술실의 높은 창으로 던져 넣어 거기서 살해당한 것처럼 보이게 한, 인간 투척이라는 기발한 트릭을 생각해낸 유명작가도 있다.

(D) 밀실탈출 트릭

여기에는 2가지의 의미가 있다.

★ 하나는 높은 층의 밀실로 창문이 열려 있는 경우, 범인이 범행 후 줄타기나 그 외의 곡예로 높은 곳의 창에

서 탈출하는 트릭(M·B·4) (F 없음)과,

★ 다른 하나는 탈옥의 트릭(F · M 없음)이다. 이는 밀실 트릭의 반대가 되는 트릭이지만 트릭 분류로서는 역시 여기에 넣는 것이 타당할 듯하다. 실제의 탈옥에는 여러 가지 교묘한 수단이 있다. 톱니와 같은 날이 있는 회중시계의 태엽으로 끈기 있게 창문의 철봉을 문질러 탈출로를 만드는 것이나, 옥중의 노역에 사용하는 재료인 천이나 종이를 조금씩 숨겨두었다가 긴 밧줄로 꼬아 그것을 타고 높은 창에서 내려온다는 것은 재미있기는 하나 탐정소설의 트릭과는 성질이 다르다. 미국의 후디니라는 마술사는 세계를 돌아다니며 각국의 감옥에서 탈출해 보이기도 하고 금고 속에 가두게 한 뒤 거기서 탈출해 보이기도 했다. 여기에는 물론 트릭이 숨어 있지만 탐정소설의 트릭으로 이용할 수 있을 만한 것은 많지 않다. 후디니의 전기에 그 각종 트릭에 대한 비밀이 밝혀져 있어서 마술의 비밀에 관한 책으로는 매우 재미있다.

★ 소설 가운데서 탈옥 트릭으로 유명한 작품으로는 르블랑의 〈뤼팽의 탈옥〉, 푸트렐의 〈13호 독방의 문제〉, 로슨의 〈목이 없는 여자〉 등이 있다. 뤼팽이 독방에서 병에 걸린 척해서 오랫동안 누워 있는 사이에 모습을

바꾸어 법정으로 끌려나갔을 때, 전혀 다른 사람, 즉 가짜라고 생각하게 하여 석방되는 트릭.

★ 푸트렐의 주인공으로 학자인 명탐정이 역량을 시험해보기 위해서 감옥에 들어가, 감방에 쥐가 드나든다는 사실을 발견, 지하에 사용하지 않게 된 낡은 하수관이 지나고 있다는 사실을 꿰뚫어보고, 끈기 있게 쥐를 길들인 뒤 셔츠에서 풀어낸 실을 그 쥐의 다리에 묶어 바닥의 구멍으로 들여보내는 방법으로 바깥세상과 연락을 취해서 결국은 창문의 철봉을 자르기 위한 질산이 든 작은 병을 외부로부터 전달받는다는 트릭 등은, 절묘하게 묘사되어 있기에 소설로서는 매우 재미있다. 〈목이 없는 여자〉는 곧 번역되어 출간될 예정이고, 한마디로는 설명할 수 없는 트릭이니 여기서 비밀을 밝히는 일은 피하기로 하겠다.

(1956년 5월, 이 책을 위해서 집필)

6. 은닉 방법에 관한 트릭

　‘다 숨었니?’, ‘아~직.’하며 노는 숨바꼭질의 재미는 기지와 스릴에 있다. 내가 어렸을 때 나고야 지방에는 ‘쓰레기 숨기기’라는 놀이가 있었다. 한 아이가 땅에 네모난 구획을 그리고 어떤 특정한 쓰레기, 성냥개비 등의 나무나 지푸라기 조각이나 돌멩이 등을 그 구획 안의 땅속에 묻으면 다른 아이가 그것을 찾아내는, 말하자면 ‘숨바꼭질’을 극단적으로 축소한 것 같은 놀이였다. 나는 어렸을 때 이 놀이에서 말로 표현할 수 없는 재미를 느끼곤 했다.

　청년 시절, 친구와 둘이서 돈도 없고 심심할 때, ‘쓰레기 숨기기’를 조금 확대한 것 같은 놀이를 생각해내서 즐긴 적이 있었다. 나와 친구가 번갈아가며 물건 숨기는 사람이 되어, 예를 들자면 명함 1장을 책상 위의 어딘가에 숨기는 것이다. 책상 위에는 책과 벼루와 담배와 재떨 이와 그 외의 잡다한 물건들이 어지럽게 놓여 있다. 그 책상 위의 정글 속에 명함 1장을 숨기는 것인데, 나는 당시 유행하던 아사히나 시키시마 등과 같은 담배의 필터 부분 속 두꺼운 종이를 빼내고 그 대신 문제의 명함을 가느다랗게 말아서 넣어두는 등의 방법을 썼다. 혹은 명함의 한쪽 면을 먹으로 칠하고 검은 쟁반 안쪽에 붙여서 숨기는 등의 방법도 생각해냈다. 이 놀이로 하루 동안의 무료함을 곧잘 달래곤 했다.

탐정소설에서는 이 '감추기'의 흥미가 종종 다루어지곤 한다. 범인이 숨기고 탐정이 찾는 것이다. 그것의 가장 좋은 예는 포의 〈도둑맞은 편지3)〉이리라. 사람의 심리를 역으로 찔러서 숨기는 대신 일부러 눈앞에 던져놓는 방법이다. 체스터턴은 이 방법을 사람이 숨는 방법에 응용해서 〈보이지 않는 사내4)〉를 썼다. 우편배달부라는 직업이 맹점이 되어, 바로 앞에 있어도 깨닫지 못하는 것이다. 그것을 퀸이 다시 장편인 〈X의 비극〉에서 응용했다. 차장이나 나룻배의 매표원이 투명망토가 된다. 언제나 눈앞에 있지만 전혀 깨닫지 못하는 것이다.

---

3) 당사의 《세계 3대 명탐정 단편걸작선》에 수록되어 있다.
4) 당사의 《세계 3대 명탐정 걸작선 베타》에 수록되어 있다.

트릭 자체가 전부 무엇인가를 숨기기 위한 트릭임에 는 틀림없지만, 여기서는 물건을 숨기는 경우와, 사람을 숨기는 경우 가운데 지금까지 사용된 트릭을 몇 가지 생각해보기로 하겠다. 숨기는 물건으로는 보석, 황금, 서류 등이 가장 많은데 예전에 내가 메모해두었던 '트릭 표'를 보니, 우선 보석류를 숨기는 방법으로는 범인이 자기 몸의 상처 속에 밀어 넣거나, 거위에게 먹이거나, 범인 자신이 삼켜버리는 등이 극단적인 방법이고, 일반 적인 방법으로는 비누 속, 크림병의 크림 속, 그리고 씹 는 검으로 감싸는 방법, 목걸이를 크리스마스트리의 반 짝이는 장식 위에 걸어놓는 방법 등이 있다.

보석을 삼켰다가 나중에 배설물 속에서 찾아낸다거 나, 여성이 국부에 숨긴다는 것은, 소설로써는 오히려 평범하지만, 상처에 숨기는 방법은 작은 물건을 숨기기 위해서 자신의 몸에 상처를 내거나, 혹은 이미 있던 상처 를 벌려 밀어 넣는 커다란 고통을 참는다는 점에 기묘한 스릴이 있다. 나의 메모에 이 트릭을 사용한 예로는 비스 톤의 〈마이너스의 야광주〉가 있는데 그 외에도 있을 것 이라 생각한다. 연극 《피칠갑》 가운데 창고 속에서 화염 에 휩싸인 주인공이 집안의 가보인 족자 하나를 지키기 위해 자신의 배를 가르고 그 속에 족자를 넣는다는 착상은 '은닉'을 위한 것은 아니지만 이러한 스릴 가운데서도 가장 현저한 것이리라.

소설 중에서 기묘한 맛을 잊을 수 없는 것은 도일의 〈6개의 나폴레옹〉으로 같은 모양의 석고상이 6개 있는데 그 가운데 어디에 보석을 숨겼는지 알 수 없게 된다는 착상과, 역시 도일의 〈푸른 홍옥〉 속, 보석을 거위에게 먹여 숨겼는데 어느 거위였는지 알 수 없게 된다는 착상이다. 아서 모리슨의 장편 〈11개의 단지〉도 같은 착상을 사용했다.

금화를 숨기는 트릭 가운데는 로버트 바의 단편에 기발한 것이 있다. 구두쇠 노인이 막대한 금화를 사장해두었는데, 그가 세상을 떠난 이후 그 금화가 행방불명되어 아무리 찾아보아도 나오지 않는다. 집 안을 뒤지고 천장과 마룻바닥까지 뜯어보지만 나오지 않는다. 땅 속에 묻은 듯한 흔적도 없다. 그런데 금화는 찾는 사람의 눈앞에 늘 놓여 있었다. 노인은 생전에 화로와 풀무와 모루 등을 사다가 마치 대장장이 같은 짓을 한 적이 있었는데 그것은 전부 금화를 녹여서 판으로 만들고 종이처럼 얇게 두드려 펴서 그것을 집 안의 벽에 붙인 다음, 그 위에 일반적인 벽지를 발라 숨기기 위해서였다. 금화를 놀라울 정도의 넓이로 늘려서 각 방에 가득 붙인다는 뜻밖의 은닉 방법이 흥미롭다.

카의 한 단편에 흉기를 은닉하는 재미있는 방법이 있다. 실내에서 한 사람이 단검에 찔려 살해당했다. 그 방은 일종의 밀실로 흉기를 절대 방 밖으로 가지고 나갈 수 없는 상황이었는데, 그럼에도 불구하고 실내를 아무리 찾아보아도 단검은 나오지 않았다. 불가능이 행해진 것처럼 보인다. 그러나 이 경우에도 흉기는 사실 찾는 사람의 눈앞에 늘 있었던 것이다. 흉기는 날카로운 유리 파편이었다. 범인은 그것을 실내에 놓여 있던 커다란 어항과 같은 유리 용기 속에 넣고 달아난 것이었다. 물에 넣기 전에 피를 잘 닦은 것은 말할 필요도 없다.

이와 비슷한 트릭으로 흉기를 숨기는 것이 아니라 소멸시켜버리는 방법이 있다. 그것은 날카로운 얼음의 파편, 혹은 고드름을 단검으로 이용하는 방법인데 이 흉기는 곧 녹아서 사라져버린다. 이런 종류의 트릭에 대해서는 별도 항목인 「흉기로써의 얼음」에서 기술했으니 여기서는 다시 말하지 않겠다.

서류, 혹은 종잇조각을 은닉하는 장소로는 성경 등의

두꺼운 표지를 갈라 그 사이에 끼워두는 방법이 종종 사용되지만 이것은 평범하다. 나는 지폐를 화분의 흙 속에 숨겼는데 이것도 역시 평범하다. 하지만 화분의 예는 서양에도 있어서, 크로프츠가 한 단편에서 사용했다. 종잇조각을 은닉하는 장소로 기발한 것은 르블랑이 〈수정마개〉에서 쓴, 가짜 눈의 빈 공간 속에 숨기는 방법일 것이다. 이와 비슷한 것으로, 자살을 위한 독약을 은닉하는 장소로 필포츠는 가짜 눈을 사용했는데, 여기에는 가짜 이가 사용되는 경우도 종종 있다.

탐정소설에 등장한, 인간을 은닉하는 장소에도 여러 가지로 기발한 것이 있다. 중범을 저지른 사람이 다른 경범을 저질러 감옥으로 들어가, 감옥 자체를 은닉 장소로 사용하는 방법, 환자로 가장하고 병원에 입원해서 숨는 방법 등이 자주 쓰인다. 앞서 이야기한 것처럼 범인이 우편배달부나 차장으로 변장하는 것도 재미있다. 체스터턴은 기발하기 짝이 없는 트릭 생각해내기의 명인이라고 할 수 있는데 이 '사람 은닉' 수법에서도 그의 착상이 가장 눈에 띈다. 탈옥수가 도망치는 길에 있는 대저택에서 가장무도회가 열리고 있었다. 탈옥수는 예의 굵은 줄무늬가 있는 죄수복을 입은 채 그 속으로 섞여

들어가 추격자를 따돌린다. 저택 안에서는 죄수복으로 가장을 하다니 묘안이라며 박수를 받는다.

도일의 단편 가운데는 경관에 둘러싸인 집 안에서, 마침 그때 병으로 죽은 사람이 있다는 점을 이용해 보통보다 큰 관을 만들게 해서 죽은 사람과 함께 관에 누워 집 밖으로 나와 경관의 눈을 속이는 트릭이 있다. 크리스티의 단편에는 범인이 여성의 침대 아래로 숨어들어, 여성의 침대에는 접근을 껄끄러워한다는 심리를 교묘하게 이용한 트릭이 있다. 래티머도 〈도둑맞은 미인〉에서 같은 착상을 사용했다.

조금 더 간단한 속임수로는 범인이 허수아비인 척해서 경관의 눈을 속인다거나(체스터턴), 밀랍인형인 척하는 것(카의 〈밀랍인형관의 살인〉, 나의 〈흡혈귀〉) 등이 있다.

이상은 살아 있는 사람의 은닉방법이고, 시체를 은닉하는 트릭에는 매우 많은 예가 있다. 나는 '트릭 표'에서 이를 크게 ① 영원히 숨기는 트릭 ② 일시적으로 숨기는 트릭 ③ 시체를 이동해서 숨기는 트릭 ④ 얼굴이 없는 시체 등의 4종류로 분류했다.

① 시체를 영원히 숨기는 방법으로는 땅 속에 매몰,

물 속에 가라앉히기, 화재나 화로에서 소각하기, 약품으로 용해하기(일본의 예로는 다니자키 준이치로의 〈백주귀어〉), 벽돌이나 콘크리트 벽 속에 넣기(포의 〈아몬틸라도의 술통[5]〉, 나의 〈파노라마섬〉) 등, 누구나 떠올릴 수 있는 착상이 많지만, 던세이니의 〈조미료 2병〉처럼 시체를 먹어버린다는 기발한 것도 있으며, 시체를 다져서 소시지로 만드는 것(독일의 실례), 시체에 도금을 해서 동상처럼 만들어버리는 것(카), 밀랍으로 만드는 것(나의 〈백주몽〉), 시멘트 탱크에 넣어 시멘트 가루로 만들어버리는 것(하야마 요시키 〈시멘트 통 속의 편지〉), 펄프에 섞어서 종이로 만들어버리는 것(구스다 교스케〈인간 시집〉), 풍선에 묶어 공중매장하는 것(미즈타니 준 〈오 솔레 미오〉, 시마다 가즈오에게도 같은 착상이 있었다), 시체를 드라이아이스로 만들어 산산이 깨버리는 것(북유럽의 작품) 등 일일이 들 수 없을 정도로 다양한 방법이 있다.

② 시체를 일시적으로 숨기는 트릭으로는 크로프츠의 술통, 나이오 마시의 양털 뭉치, 니콜라스 브레이크의

---

5) 당사의 전자책인 세계 판타스틱 고전문학 시리즈에 포함되어 있다.

눈사람(이는 섹스톤 블레이크에도 있으며, 나의 〈맹수〉에서도 사용했다. 외에도 예는 많다), 카의 밀랍인형, 나의 실물크기의 인형과 국화 인형, 커다란 쓰레기통에 숨기는 방법은 나도 〈1척 동자〉에서 사용했는데 체스터턴도 〈공작의 집〉에서 사용했다. 오시타 우다루의 〈홍좌의 주방〉에서는 냉장고에 숨긴다.

체스터턴의 작품 가운데는 전장에서 장군이 사사로운 원한으로 부하를 죽이고 그 시체를 숨기기 위해서 질 것이 뻔한 전투를 개시하여 아군의 시체를 산더미처럼 쌓고, 사사로운 원한으로 죽인 사람의 시체를 전사로 보이게 한다는 대담한 트릭이 있다. 단 한 사람을 위해서 수십 명을 살육한다는 잔학성과 골계가 뒤섞인 묘한 맛.

③ 시체의 이동은 카의 장편이나 체스터턴의 단편에서 예를 찾아볼 수 있는 것처럼 시체를 살인현장에서 전혀 다른 장소로 옮겨, 나중의 장소에서 살인이 행해진 것처럼 보이게 해서 수사를 어렵게 하는 트릭이 기본적인 것인데, 여기에 여러 가지 기발한 생각들이 더해져 무수한 형태를 낳았다.

문 밖에서 소리를 내서 피해자가 창으로 내다보게 한 뒤, 그 위층에서 올가미를 내려 그 목에 걸고 들어 올렸다가 그대로 건물 뒤쪽의 창으로 내려 밖에서 기다리고 있던 공범자에게 건네주면, 공범자가 그 밧줄을 정원의 나뭇가지에 묶어 목을 매달아 자살한 것처럼 꾸민다는 기발한 트릭을 체스터턴이 안출했다.

이동 트릭 가운데서는 기차 지붕을 사용한 것이 의외성이라는 맛을 가지고 있어서 가장 재미있다. 이들의 선구는 도일의 〈브루스 파팅턴 설계도〉이며, 브리안 프린이라는 작가가 장편 〈길 위의 살인사건〉에서 기차를 2층 승합마차로 바꾸어 같은 트릭을 썼고, 일본에서는 나의 〈귀신〉, 요코미조 세이시의 〈탐정소설〉이 이 착상을 빌렸다. 시체를 화물열차의 지붕에 올려놓아 멀리 떨어진 곡선 구간에서 그것이 땅으로 떨어지게 해서, 살인이 그 지점에서 일어난 것처럼 보이게 하는 것이다.

또 하나 눈에 띄는 것은, 범인의 조작이 아니라 피해자 자신이 걸어서 이동했기에 수사가 어려워진다는 착상이다. 밴 다인의 한 장편에서는, 예리한 칼에 찔린 피해자가 치명상을 입은 줄도 모르고 자신의 방까지 걸어가 문을 안에서 잠그고 거기서 숨을 거두었기에 매우 신비한 살인사건이 일어난 듯한 모습을 연출했다. 카는 한 걸음 더 나아가, 실외에서 권총에 머리를 맞은 피해자가 뚜벅뚜벅 걸어 집으로 돌아와 숨을 거두었기에 신기한 사건이 된다는 이야기를 썼다. 그리고 그런 일이 있을 수 있느냐는 독자로부터의 비난을 피하기 위해서 머리에 총을 맞고도 즉사하지 않은 범죄사상의 실례를 인용했다.

카는 시체 이동의 여러 가지 방법을 안출해서 장편의 중심 트릭으로 삼고 있는데 거기에는 우선 복잡한 상황을 설정해놓지 않으면 안 되기에 간단히는 설명할 수 없지만, 그 극단적인 것으로는 살해한 시체를 복도 너머로 던져서 떨어진 곳에서 살해당한 것처럼 보이는 것이 있다. 이것을 한층 더 극단적으로 한 것이 오쓰보 스나오의 〈뎅구〉로, 석궁 장치를 이용해 시체를 멀리로 투척한다. 자신이 직접 포탄이 되어 대포로 쏘게 하는 곡예가 있었는데 그것을 탐정소설적으로 사용하면 역시 하나의 트릭이 되는 셈이지만 시체 투척, 혹은 시체 발사는 체스터턴풍의 황당하고 유머러스한 트릭의 일종임에 틀림없다.

이와 비슷한 것으로는, 지금 작가의 이름은 잊어버렸지만 탐정 잡지인 『락』의 현상에 당선한 작품 가운데 제설 기관차로 사체를 멀리까지 날려버려 신기한 상황을 만든다는 이야기가 상당히 재미있었다.

　조류(潮流)를 이용해서 시체, 혹은 시체를 실은 배를 이동시켜 수사를 어렵게 하는 트릭도 자주 사용된다. 서양의 경우에는 합작소설 〈플로팅 애드미럴〉, 일본의 경우에는 아오이 유의 〈흑조 살인사건〉, 아스카 다카시의 어떤 작품, 시마다 가즈오의 어떤 작품 등에서 그 예를 볼 수 있다.

　④ '얼굴이 없는 시체' 트릭에 대해서는 별도 항목에서 이야기했으니 여기서는 되풀이하지 않겠다.

《탐정클럽》 1953년 8월호)

7. 프로버빌리티의 범죄

확률을 계산하는 정도까지는 아니라 할지라도 '이렇게 하면 상대방을 살해할 수 있을지도 모른다, 어쩌면 살해할 수 없을지도 모르지만. 그건 그때의 운명에 맡기겠다.'는 수단으로 사람을 살해하는 이야기가 탐정소설에서는 종종 묘사되고 있다. 물론 일종의 계획적 살인이지만, 범인은 조금도 죄를 추궁당하지 않는 매우 교활한 방법인데, 그런 방법으로 사람을 살해했을 경우 법률은 이를 어떻게 다룰까?

서양의 탐정소설에 자주 등장하는 방법 가운데 이런 것이 있다. 유아가 있는 집의 A가 B에게 살의를 품어, 2층에 침실이 있는 B가 한밤중에 계단을 내려오다 그 꼭대기에서 굴러떨어지게 만들겠다고 생각한다. 서양의 높은 계단에서는 부딪치는 곳이 좋지 않으면 목숨을 잃게 될 가능성도 충분히 있다. 그 수단으로 A는 어린아이의 장난감인 유리구슬을 계단 위 사람이 지나는 길목에 놓아둔다. B는 그 유리구슬을 밟지 않을지도 모른다. 또한 밟는다 할지라도 목숨을 잃을 정도로 커다란 부상은 입지 않을지도 모른다. 그러나 목적을 달성한 경우에도, 달성하지 못한 경우에도 A는 조금도 의심을 받지 않는다. 누구나 그 유리구슬은 아이가 낮에 거기에 놓은 것을 잊고 있었다고 생각할 것임에 틀림없기 때문이다.

순진한 아이의 장난감이나 유리구슬이 끔찍한 살인도구로 사용된다는 대조적 묘미가 있기 때문인지, 서양의 탐정소설에서는 이 방법이 자주 사용된다. 최근에 출판된 영국의 컬링포드라는 작가의 장편 탐정소설 〈사후〉에도 이 방법이 등장하기에, 또야, 하며 미소를 지었을 정도다.

이처럼 생각대로 되면 좋고, 설령 생각대로 되지 않는다 할지라도 의심을 받을 염려는 조금도 없으며, 몇 번을 실패해도 언제까지고 같은 방법을 되풀이해서 언젠가는 목적을 달성하면 된다는 교활한 살인방법을 나는 '프로버빌리티의 범죄'라고 부른다. '반드시'가 아니라, '잘하면'이라는 방법이기 때문이다. 이를 테마로 삼은 작품은 오래 전부터 있었다. 한 가지 예를 들자면 R. L. 스티븐슨의 〈살인일까?〉라는 단편에는 인간의 호기심과 '악의적' 심리를 교묘하게 이용한 프로버빌리티의 살인이 묘사되어 있다.

그것은, 어떤 백작이 어떤 남작에게 복수를 하는 이야기인데 두 사람이 로마에 머물던 어느 날, 백작이 남작에게 은근슬쩍 자신이 꾼 묘한 꿈에 대해서 이야기한다. "어젯밤에 이상한 꿈을 꿨어. 자네가 나오는 꿈이야. 자네가 내 꿈속에서 로마 교외에 있는 지하무덤(로마의 명물인 카타콤)에 들어가는 꿈을 꿨어. 그런 무덤이 있는지 없는지는 모르겠지만, 꿈에서 거기까지 이르게 된 길과 길가의 풍경까지 또렷하게 기억하고 있어."라며 그것을 자세히 이야기한 뒤, "거기서 자동차에서 내린 자네는 그 지하무덤을 구경하기 위해 들어갔어. 나도 그 뒤를 따라서 들어갔지. 스산하기 짝이 없는 섬뜩한 지하도였어. 자네는 그 암흑 속을, 손전등에 의지해서 거침없이 나아갔어. 나는 자네가 왠지 끝도 없는 땅속으로 사라져버릴 것 같은 불안한 마음이 들어서, 이젠 그만 들어가고 얼른 돌아가자고 몇 번이고 말했지만 자네는 돌아볼 생각도 않고 어둠 속으로 점점 들어갔어. ……정말 묘한 꿈이었어."라고 인상 깊게 이야기를 들려준다.

그로부터 며칠이 지난 어느 날의 일, 꿈 이야기를 들은 남작이 자동차로 교외를 드라이브하고 있자니 우연히도 백작이 꾼 꿈속의 풍경과 똑같은 시골길을 지나게 되었다. 찾아보니 꿈에서 본 지하묘지도 진짜로 거기에 있었다. 꿈과 현실의 신비한 일치. 남작은 호기심에 이끌려 손전등을 켜고 그 무덤으로 들어가보지 않고는 견딜 수 없게 되었다. 꿈과 완전히 똑같은 일을 되풀이한다는 일종의 이상한 흥미가 그를 자극한 것이다. 그는 무덤의 안으로 안으로 들어갔다. 그리고 아차 싶은 순간 무엇인가에 발이 걸려 넘어졌고 갑자기 발밑의 지면이 사라져, 거기에 있던 낡은 우물 속으로 떨어져버렸다. 도움을 청해도 사람은 없다. 남작은 결국 거기서 목숨을 잃었다.

이렇게 해서 백작은 복수를 했다. 그의 꿈은 작위적으로 만들어낸 거짓으로, 사실은 며칠 전에 자신이 그 무덤을 구경한 적이 있었는데 그 안쪽에 있는 낡은 우물의 난간이 오래 돼서 부서졌다는 사실을 확인한 것이었다. 작가는 '이것을 과연 살인죄라고 할 수 있을까?'라며, 그것을 의문부호가 붙은 제목으로 삼은 것이다.

일본에서는 다니자키 준이치로 씨가 나의 이른바 '프로버빌리티의 범죄'의 선구적 역할을 했다. 씨의 〈도상6)〉이라는 초기 단편이 그것이다. 남편이 아내를 살해하기 위해서 전혀 범죄가 되지 않는 수단을 여러 가지로 생각한다. 난방을 위한 가스관의 개폐기 밸브를 아내의 침실, 사람의 발이 자주 닿는 곳에 설치하게 해서 하녀가 별 생각 없이 그 옆을 지날 때 옷자락이 거기에 닿아 밸브가 열릴 것을 예상한다거나, 자동차가 충돌했을 때 오른쪽 좌석에 있는 사람이 부상을 당하는 비율이 높다는 이유로 아내를 언제나 오른쪽에 태운다거나, 언뜻 악의 없어 보이는 이와 비슷한 여러 가지 시도를 해서 결국은 아내를 죽음에 이르게 한다는 이야기다. 나는 이 작품을 읽고 이보다 더 교묘한 살인은 없을 것이라고 감탄했으며, 그 영향으로 〈붉은 방〉이라는 단편을 썼다.

〈붉은 방〉에는 '심술궂고' 고집스러운 맹인이 '조금 더 왼쪽으로 가지 않으면 안 된다. 오른쪽에는 지하공사를 위한 깊은 구멍이 있다.'고 지인이 말해주자, '그렇게 말해서 또 나를 놀리려는 거지?'라며 오히려 반대쪽인 오른쪽으로 가다 하수 구멍에 떨어져 부딪친 곳이 좋지 않았기에 목숨을 잃었다거나, 한밤중에 부상자를 실은

---

6) 당사의 《간단한 죽음》에 수록되어 있다. 이 책에는 비슷한 범죄유형으로 〈도상〉을 모티프로 한 하마오 시로의 〈도상의 범인〉도 수록되어 있으니 함께 읽으면 더욱 흥미로울 것이다.

자동차의 운전수가 근처 병원을 묻자 오른쪽으로 가면 솜씨 좋은 외과의원이 있다는 사실을 알면서도, 왼쪽의 치료가 서툰 내과 겸업 의원을 가르쳐주어 치료가 늦었기에 부상자가 끝내 목숨을 잃는다거나, 그런 프로버빌리티의 살인 수단을 대여섯 개 늘어놓았다.

서양에서는 영국의 필포츠가 이 주제로 〈악당의 초상〉이라는 장편 탐정소설을 썼다. 어떤 사람을 살해하기 위해서 간접적으로, 아무런 원한도 없는 그 사람의 유아를 몰래 살해한다. 범인과 이 유아와는 아무런 관계도 없기에 의심을 받을 염려도 크지 않다. 유아의 아버지는 아내가 세상을 일찍 떴기에 그 아이만이 유일한 애정의 대상이었는데, 그 사랑하는 아이가 먼저 세상을 떠났기에 이 세상에 대한 희망을 잃고 자포자기하는 심정이 되어 모험적인 승마에 빠지게 되며, 산 속에서 낙마하여 숨이 끊어진다. 간접 살인이 효과를 발휘한 것이다. 또 어떤 마음 약한 사내에게 범인이 의사라는 지위를 이용하여, 당신은 불치의 병에 걸렸다고 거짓말을 하고 점점 그 사실을 믿게 해서 번민 끝에 자살을 하게 만들려 한다는 이야기도 있다.

서양의 단편 가운데는 미국의 프린스 형제라는 합작

작가의 〈손가락 사내〉라는 것이 있다. 주인공은 이상심리를 가진 범죄자로 그 사람은 어렸을 때 신으로부터, 자신이 좋아하지 않는 사람에게 신의 심판을 내려도 좋다는 허락을 받았다고 믿고 있다. 신이 말하기를 "너는 인간이니 잘못을 저지를지도 모른다. 그러니 결정권은 내가 쥐고 있기로 하겠다. 너는 단지 처벌을 시도하기만 하면 된다."는 계시를 주었다고 한다. 이에 그 사내는 유년 시절부터 오늘에 이르기까지 그 특권을 행사해왔다. 7세 때 싫어하는 유모를 살해하기 위해서는 밤에 계단 위에 롤러스케이트를 놓기만 하면 됐다. 신께서 처벌이 정당하지 않다고 생각하신다면 유모는 스케이트를 발견하리라. 처벌이 정당하다고 생각하신다면 유모는 스케이트를 밟고 떨어지리라. 그 유모는 목뼈가 부러져 사망했다.

소녀가 길가에서 눈을 가리고 사람을 잡는 놀이를 하고 있었다. 그 사내는 맨홀 뚜껑을 가만히 열어둔 채 지켜보고 있었다. 소녀는 그 구멍에 빠져 죽고 말았다. 신은 소녀를 받아주신 것이다. 어떤 의사의 치료실에 있는 가스버너의 밸브를 열어두었다. 의사는 담배를 피우며 그 방으로 들어갔다. 그리고 화염에 휩싸여 죽었다.

신은 의사를 받아주신 것이다. 그 사내는 '처벌'의 수단으로 지하철을 사랑했다. 수많은 남녀가 거기서 신의 선택을 받았다. 러시아워 때 지하철의 홈 끝자락으로 손가방을 던지자 어떤 여자가 거기에 발이 걸려 넘어져 선로로 추락, 차량 바퀴에 목이 떨어져 나갔다. 또한 그 사내는 어떤 대장간으로 몰래 숨어들어 커다란 해머의 자루를 느슨하게 해놓았다. 대장장이는 그것을 사용하려다 빠져버린 해머에 머리를 맞아 죽었다. 등, 등, 등.

예는 이쯤에서 그만두기로 하겠는데 이 '프로버빌리티의 범죄'는 형법학상, 또는 범죄학상 깊이 생각해보면 흥미 있는 주제가 되지 않을까 생각한다. 농담 삼아 '의사는 몇 십 명을 죽이지 않으면, 진정한 의사가 될 수 없다.'고 말한다. 그 몇 십 명의 환자 가운데 든 사람이야말로 불행한 사람일 테지만, 그런 선의의 살인(?)은 죄가 되지 않는다. 그러한 것과 분명한 살인죄와의 경계선이 문제인 것이다. '프로버빌리티의 범죄'는 그 경계선의 전후에 있는 것이라 여겨지는데, 거기에 확연하게 선을 긋기란 매우 어려우리라. 그런 만큼 이 문제에는 가장 깊은 고려가 필요하지 않을까 싶다.

《범죄학잡지》 1954년 2월호)

8. 얼굴 없는 시체

　종전의 탐정소설에서 사용되던 수많은 트릭 가운데 '얼굴 없는 시체'라고 할 만한 일련의 트릭이 있다.

　살인사건 피해자의 얼굴을 전혀 알아볼 수 없게 해서 그 신원을 숨기거나, 혹은 다른 인물의 시체인 것처럼 꾸미는 일은 범인에게 있어서 매우 유리하기 때문이다. 실제 범죄에서도 이 트릭은 종종 행해져왔으나, 소설에서는 한층 더 자주 사용되었다. 특히 탐정소설이 충분히 발달하지 않았던 시대에 흔히 사용되었다. 요즘에는 얼굴을 알아볼 수 없는 시체가 나오면 독자가 바로 '아하, 그 트릭이로구나.' 하고 눈치를 채버리기 때문에 이제는 거의 쓰지 않게 되었다. 이에 작가는 다시 한 번 역을 찔러서, 얼굴을 알아볼 수 없게 해 다른 인물인 것처럼 보이게 한 것은 사실 거짓이고 역시 처음 추정했던 인물의 시체였다는 식의 방법을 생각해냈지만 이것도 그다지 재미있지는 않다.

피해자의 얼굴을 알아볼 수 없게 하는 데에는 2가지 방법이 있다. 하나는 시체의 얼굴을 둔기로 짓이기거나 극약으로 태우거나 해서 알아볼 수 없게 하는 방법. 다른 하나는 머리 자체를 사체에서 절단해 숨기고 머리가 없는 몸통만 남겨두는 방법. 그때 피해자의 옷을 벗기고 다른 사람의 옷을 입혀야 한다는 것은 말할 필요도 없다.

그러나 그렇게 해봐야 인간이라는 것은 몸의 어딘가에 표식이 될 만한 특징을 가지고 있는 법이어서 가족, 예를 들어서 아내라면 설령 머리가 없어도 남편의 시체를 알아볼 수 있는 법이니 탐정소설에서 이 트릭을 쓸 경우에는 그런 가족이 없는 피해자를 등장시킬 수밖에 없다.

그리고 또 한 가지 난관이 있다. 지문법이 발달한 현재에는, 만약 그 피해자가 전과자이거나, 그렇지 않다 하더라도 경찰에 자발적으로 지문을 등록한 적이 있는 인물이라면 바로 알아낼 수 있으며, 또 피해자 집의 집기 등에 남아 있는 지문과 시체의 그것을 비교해보면 가짜는 바로 폭로되어버리고 만다. 따라서 범인은 얼굴을 알아볼 수 없게 해야 할 뿐만 아니라 두 손의 손가락도

짓이기거나 절단해두지 않으면 안 된다. 하지만 그렇게 하면 가짜 시체를 사용했다는 음모가 간단히 밝혀지기 때문에 이 '얼굴 없는 시체' 트릭도 실제 문제로써는 꽤나 어려운 것이다.

이 트릭에는 여러 가지 변형이 있다. 예를 들어서 미국의 로슨이라는 작가는 〈목이 없는 여자〉라는 장편에서 한 여자가 얼굴에 상처를 입어 얼굴 전체를 붕대로 감고 다니기 때문에 그것이 과연 그 여자인지 다른 여자가 변장한 것인지 알 수 없다는 흥미로운 이야기를 다루었다. 나도 〈지옥의 어릿광대[7])라는 통속장편에서 비슷한 착상을 사용한 적이 있다. 다시 말해서 '얼굴 없는 시체' 트릭은 살아 있는 인간에게도 유용할 수 있으며, 또 그것은 반드시 얼굴 자체를 변형하지 않더라도, 단지 얼굴을 가려 숨기는 것만으로도 같은 효과를 거둘 수 있는 셈이다. 가면을 쓴 채로 옥사해서 끝내 그 정체를 알아내지 못했다는 '철가면' 전설도 이 트릭과 같은 흥미를 가진, 매우 커다란 실례라고 해도 좋으리라. 살아 있는 인간의 경우는 정형외과수술을 통해 전혀 다른 사람으로 변모하는 트릭도 있다. (예, 〈대통령 탐정소설〉과 나의 〈석

---

7) 당사에서 단행본으로 출간하였다. 《지옥의 어릿광대》(2020.11)

류>)

또 하나의 변형으로는 체스터턴의 〈비밀의 정원8)〉이
나 라이스 부인의 〈멋진 범죄〉와 같은 유형이 있다. 그것
은 피해자의 목을 절단하는 것만으로는 만족하지 못하
고 다른 시체의 머리를 가져다 머리를 바꿔치기한다는
착상이다. 실제 문제로는, 옛날의 전장 등과 같은 곳 외
에서 그런 일을 한 사람은 없으리라 여겨지지만 소설
속에서는 이야기를 끌어가는 방법에 따라서는 충분히
성립이 된다.

일본의 다카기 아키미쓰 군이 이 트릭의 새로운 변형
을 하나 더 안출해내서 우리들을 깜짝 놀라게 했다. 그것
은 군의 처녀작인 〈문신 살인사건〉에서 사용된 트릭으
로 목을 절단해서 다른 머리와 바꿔치기하는 것이 아니
라, 몸통을 바꿔치기한다는 새로운 발명이었다. 어째서
몸통을 숨기는가 하면, 거기에 가장 뚜렷한 표식이 되는
문신이 있기 때문이다. 하지만 머리가 남아 있으면 피해
자를 바로 감별할 수 있지 않느냐고 반문할지도 모르겠
지만, 작가는 그렇게는 되지 않을 상황을 미리 만들어두
었다. 얼굴은 알아도 문신만 없으면 범인은 안전한 상황

---

8) 당사의 《세계 3대 명탐정 걸작선 알파》에 수록되어 있다.

을.

그럼 이야기를 원래대로 되돌려, 원형으로써의 '얼굴 없는 시체' 트릭을 가장 먼저 발명한 사람은 누구인지를 잠시 생각해보기로 하겠다. 탐정소설의 원조인 포 이후 110여 년 동안, 얼굴을 짓이겨 다른 사람의 시체라고 여겨지게 하는 트릭은 실제 사건에서도 소설 속에서도 헤아릴 수 없을 만큼 많이 사용되었다. 내가 채집한 저명한 작가를 말해보자면 도일, 크리스티, 브라마, 로드, 퀸, 카, 챈들러 등에게서 이 트릭을 사용한 작례를 볼 수 있다.

그렇다면 그보다 전, 즉 포 이전에는 예가 없었는가 하면, 물론 있다. 포의 첫 탐정소설인 〈모르그 가의 살인〉보다 한발 앞선 1841년 초부터 영국의 문호인 디킨스가 주간지에 〈바나비 러지〉를 연재하기 시작했는데 이 장편 역사소설의 플롯의 골자를 이루는 것이 '얼굴 없는 시체' 트릭이다.

시골에 한 저택을 소유하고 있는 주인이 살해당했는데 동시에 집사와 정원사가 행방불명되었다. 두 사람 중 한 사람이 범인인 것만은 틀림없는 사실이지만 누가 범인인지 판단을 내리지 못하고 있는데, 1개월쯤 지났을 때 같은 저택의 오래된 연못에서 시체 하나가 발견된다. 얼굴은 짓물러 있었지만 복장으로 집사의 시체라는 사실이 밝혀져 정원사가 주인과 집사를 살해하고 달아난 것이라 판정되었다. 그러나 사실 이것은 트릭이었고 진범은 집사였다. 그는 주인을 살해하고 돈을 훔쳤는데 정원사가 그 사실을 눈치 채자 그마저 죽이고 시체에 자신의 옷을 입힌 뒤, 자신은 정원사의 옷을 입고 달아난 것이었다.

디킨스는 영국에서는 셰익스피어에 버금가는 문호라고 해도 좋을 사람인데 그는 탐정소설을 상당히 좋아했다. 영국이 세계 제일의 탐정소설 국가라 불리는 것도 그런 오랜 전통이 있기 때문이다. 〈바나비 러지〉는 순수 탐정소설은 아니지만, 디킨스가 죽기 전에 쓰기 시작해서 미완에 그친 장편 〈에드윈 드루드〉는 순수 탐정소설이라고 해도 좋을 작품으로 이 소설의 범인은 누구인가, 어떤 트릭을 쓴 것인가 하는 것이 디킨스의 죽음 직후부터 오늘에 이르기까지 여러 작가에 의해서 거듭 논의되어 〈에드윈 드루드〉의 해결편이라는 것이 20종 이상이나 발표되었을 정도다.

그렇다고 해서 '얼굴 없는 시체' 트릭을 디킨스가 최

초로 사용한 것은 아니다. 그렇지 않다는 사실은 알고 있으나 누가 어디에서 사용했는가 하는 구체적인 자료를 나는 아직 밝혀내지 못했다. 그럼에도 불구하고 디킨스가 원조가 아니라고 단언할 수 있는 데에는 이유가 있는데, 19세기에서 단번에 기원전으로 거슬러 올라가면 거기서 이 트릭이 분명하게 사용되었기 때문이다. 기원전에서부터 19세기에 이르기까지 공백일 리가 없다. 찾아보면 틀림없이 있을 테지만, 나는 18세기 이전의 문학과는 인연이 아주 멀고 섭렵할 힘도 기회도 없기에 잠시 포기하고 있는 것이다.

기원전의 '얼굴 없는 트릭'(이라기보다는 '머리가 없는 시체'지만) 가운데 내가 알고 있는 것은 2가지다. 하나는 역사의 아버지라 불리는 고대 그리스인 헤로도토스의 대작인 〈역사〉 속에 있는 것으로 제2권 제121단 전문이 그것이다.

헤로도토스는 기원전 5세기 사람인데 그 헤로도토스가 이집트를 편력할 때 그곳의 노인으로부터 들은 기원전 1200년 무렵의 이집트왕 람프시니투스, 일명 람세스 4세의 일화다. '목 없는 시체' 트릭도 매우 오래 되지 않았는가?

람프시니투스는 굉장히 부유한 왕으로 상당히 많은 은을 소유하고 있었는데 그것을 안전하게 보관하기 위해 궁전에 접해서 돌로 창고를 세우게 했다. 그런데 그 창고의 건축을 명받은 사람이 심상치 않은 사람이어서 벽의 돌 가운데 하나를 힘껏 밀면 빠지도록 장치를 해놓았다. 겉으로 보기에는 다른 돌과 조금도 다르지 않지만 하나의 돌만은 움직이는 장치, 즉 밀실로 통하는 비밀통로에 해당하는 것을 만든 것이다.

이는 매우 원대한 계획으로 그 건축사는 죽기 전에 두 아들을 머리맡으로 불러 가만히 유언을 남겼다. "사실 나는 너희들을 위해서 그 석조 창고에 비밀통로를 만들어두었다. 커다란 부자가 되고 싶다면 그곳으로 몰래 들어가서 임금님의 보물을 꺼내오너라. 누구도 눈치채지 못할 것이다." 그리고 돌 움직이는 법의 비밀을 자세히 가르쳐주었다.

두 아들은 이 유언에 따라서 종종 석조 창고로 몰래 숨어들어 수많은 은을 훔쳤으나 창고의 문은 단단히 잠긴 채였기에 의심하는 자는 아무도 없었다.

어느 날, 일이 있어서 왕이 창고의 문을 열게 한 뒤 살펴보니 많은 양의 은이 사라졌다. 문도 창문도 밀폐되어 있는데 안의 은이 줄었으니 해석할 길이 없는 신기한 일이었다. (여기에서 '밀실 트릭'의 소박한 원형이 보인다.) 이후 2번, 3번 창고를 열 때마다 사라진 양이 늘어났기에 왕은 한 가지 꾀를 내서, 사람을 잡을 수 있는 덫을 만들어 그것을 창고 안에 놓게 했다.

그런 줄도 모르고 두 아들은 어느 날 밤, 다시 창고로 숨어들었는데 곧 한 사람이 덫에 걸려서 움직일 수 없게 되었다. 다른 한 사람이 구해내려고 여러 가지로 시도를 해보았으나 아무래도 덫을 풀 수가 없었다. 이에 덫에 걸린 아들은 결국 포기하고 집안의 명예를 지키기 위해서 다른 아들에게 자신의 머리를 잘라 가지고 가라고 말한다. 머리만 없으면 범인을 감별할 수 없을 테니 형제나 집안사람들에게 폐를 끼치지는 않을 것이라는 의미였다. 남은 아들은 눈물을 머금고 덫에 걸린 아들의 말대로 머리를 잘라 그것을 가지고 비밀통로를 원래대로 해놓은 뒤 집으로 달아났다. (즉, '머리 없는 시체' 트릭)

이튿날, 왕이 창고로 들어가보니 창고에는 아무런 이상도 없고 출입구도 전혀 없는데 도적의 머리 없는 시체가 덫에 걸려 있었기에 경악했다. 이에 왕은 다시 꾀 하나를 내서, 머리가 없는 시체를 성 밖에 내걸고 감시병으로 하여금 오가는 사람들을 잘 살피게 해서 연고자가 나타나기를 기다렸다. 그런데 살아남은 아들이 그 꾀에 대해서 다시 하나의 트릭을 사용해 형제의 시체를 훔치는 데 성공했다. 왕은 더욱 어처구니가 없었기에 이번에는 자신의 딸, 즉 공주를 창가(娼家)에 살게 하고(헤로도토스는 이를 전적으로 믿기는 어려운 이야기라고 말했다) 손님 한 사람 한 사람에게 살아온 이야기를 하게 해서 범인을 찾아내려 했다.

살아남은 아들이 이 소문을 듣고 일부러 그 창가로 갔다. 여기에 또 하나의 트릭이 있다. 그는 묘지에서 죽은 지 얼마 되지 않은 시체의 팔을 잘라 몰래 가지고 가서, 공주의 질문에 자신이 범인이라고 대답한다. 공주가 놓치지 않으려 그의 손을 꼭 쥐었으나 사실 그것은 시체에서 잘라낸 팔이었다. 규방의 어둠 속에서 일어난 일이었기에 그 사실을 알지 못했던 것이다. 공주는 도둑을 잡았다며 마음을 놓고 있었으나 본인은 팔만 남겨놓고 어둠을 틈타 달아나버렸다. 이후 그 이야기를 들은 왕은 젊은이의 지혜에 감탄해서 마침내 마음을 풀고 공주를 그와 결혼시켰다. (이 가짜 팔 트릭은 프랑스의 〈팡토마스 이야기〉에도 사용된다. 나는 영화의 그 장면을 청년 시절에 보았는데 인상에 깊이 남아 있었기에 훗날 어떤 통속 장편에서 같은 트릭을 쓴 적이 있다.)

기원전의 또 다른 예는 역시 고대 그리스의 작가인 파우사니아스(기원전 2세기)의 기록에 나온다. 델포이의 아폴론 신전을 만든 것으로 알려진 두 건축가 아가메데스와 트로포니우스의 이야기인데, 창고에 비밀통로를 만든 것에서부터 덫에 걸려 목을 자르는 것까지 람프시니투스 왕의 이야기와 똑같다. 아마도 이집트의 전설이 그리스로 넘어와 다른 사람의 이야기가 되어 남은 것이 아닐까 여겨진다.

말이 나온 김에 동양의 실례를 들어보자면, 오래 된 것으로는 불전에 예가 있을 듯하지만 아직 살펴보지는 못했다. 송나라 시절인 13세기 초에 쓰여진 《당음비사(棠陰比事)》 가운데 〈종사함수(從事函首)〉라는 재미있는 이야기가 있다. 한 호가(豪家)의 주인이 상인의 아내를 좋아하게 되어 아내를 훔쳐다 숨기고 대신 다른 사람의 시체를 몸만 상인의 집에 남겨두었다. 당연히 상인에게 아내를 살해했다는 혐의가 걸렸으나 결국은 호가의 주인이 숨겨두었던 다른 사람의 머리가 발견되어 상인의 아내라 여겨졌던 시체의 몸과 맞춰보니 꼭

들어맞았기에 시체는 상인의 아내가 아니었다는 사실이 밝혀지고 호가의 주인은 벌을 받게 된다는 이야기다.

이 이야기는 명나라의 빙몽룡(馮夢龍)이 편찬한 《지낭(智囊)》에도 〈군종사〉라는 제목으로 등장하며, 또 《지낭》의 일본어 번역을 주 내용으로 한 쓰지하라 겐포의 《지혜감(智惠鑑)》에도 들어 있다. 《지혜감》은 사이카쿠의 《본조 앵음비사((本朝 櫻陰比事)》보다도 이른 시기인 1660년에 출판된 원시 탐정소설책이다.

일본에는 고사기, 일본서기, 혹은 금석 이야기, 고금저문집 등에 '머리 없는 시체' 이야기가 있지 않을까 싶으나 아직 확인해보지는 못했다. 지금 알고 있는 것은 훨씬 후대에 지어진 《겐페이 성쇠기》 권 제20의 〈긴토스케 자해기〉와, 그에 이은 〈소코케이호노코토〉 이야기다. 그러나 긴토스케의 이야기는 기만을 위해서라기보다는 이름을 아껴 자기 아들의 목을 친다는 이야기이고, 두 이야기 모두 트릭과는 거리가 먼 듯하다.

《탐정클럽》 1952년 5월호)

9. 변신 소망

나는 인간이 도서, 그러니까 책을 말하는 것인데, 책으로 변신하는 이야기를 써야겠다고 생각한 적이 있었다. 그러나 어른이 읽을 만한 단편은 되지 못했으며, 언젠가 어린이용 이야기 속에서 잠깐 사용한 적이 있었다. 무슨 말인가 하면 서양의 커다란 사전, 브리태니커나 센추리, 혹은 일본의 헤이본샤 백과사전이어도 상관없는데, 그 것의 책등만을 이어붙인 것 같은 물건을 전문가에게 만들게 해서 그것을 거북이의 껍데기처럼 등에 붙인다. 그리고 커다란 책장 속에 등을 바깥으로 향하고 손발을 웅크려 눕는다. 곁에서 보기에는 거기에 커다란 사전이 꽂혀 있는 것처럼 보이지만, 사실은 사람이 숨을 죽인 채 숨어 있는 것이다. 참으로 한심한 착상이지만 괴기소설은 이런 한심한 생각에서부터 점차 이야기를 만들어가는 경우도 있다.

나는 예전에 인간이 의자가 되는 이야기를 쓴 적이 있었다. 이것도 착상은 한심한 것이었지만, 인간이 의자가 되면 재미있을 것이라는 하나의 착상에서부터 점점 생각을 진전시켜 뼈대를 세우고 살을 붙인 결과 〈인간의 자〉라는 소설이 완성되었다. 그리고 당시에는 꽤 평이 좋았다.

인간은 있는 그대로의 자신에 만족하지 못한다. 잘생긴 왕자님이나 기사가 되고 싶다거나, 아름다운 공주님이 되고 싶어 하는 것은 가장 평범한 소망인데 미남미녀, 영웅호걸이 등장하는 통속소설은 그런 소망을 만족시키기 위해 쓰여진 것이라고 해도 좋으리라.

어린이의 꿈은 훨씬 더 분방하다. 유감스럽게도 요즘의 동화는 그렇지 않지만, 예전의 동화에는 마법사의 마법에 걸려서 인간이 석상이 되거나, 짐승이 되거나, 새가 되거나 하는 이야기가 많았다. 그처럼 다른 무엇인가가 되어보고 싶은 것이다. 1치 정도 크기의 사람이 된다면 정말 재미있을 것이라는 상상은 옛날부터 있었다. 옛날이야기 속의 〈잇슨보시〉는 바늘을 칼로 삼고, 대접을 배로 삼아 길을 떠난다. 에도 시대의 음서 가운데 〈콩알 사내〉라는 것이 있다. 도술로 몸을 1치 정도로 만들어 사람들의 눈에 띄지 않기에, 미녀의 품속에 숨기도 하고 호색한의 소맷자락으로 들어가기도 해서, 상대방에게는 조금도 들키지 않고 여러 정사를 견문한다. 서양의 음서인 벼룩 이야기도 대동소이한 것이지만, 한층 더 자유분방하다. 커다란 산맥 같은 사람의 몸을 구석구석까지 전부 답사할 수 있다.

'판자가 되고 싶어, 욕조의 판자가. 사랑하는 그 아이의 살갗에 닿고 싶어.'라는 고대 그리스의 해학시가 있다. 일본에도 비슷한 노래가 있었던 것으로 기억한다. 인간은 어떤 경우에는 욕조의 판자까지도 되고 싶은 법이다.

조금 더 신성한 방면으로는 신불(神佛)의 화신이라는 것이 있다. 신께서는 무엇으로든 몸을 바꾸신다. 온몸에 종기투성이인 거지가 되어 사람들이 그에게 친절을 베푸는가를 시험하고 친절을 베푼 사람에게는 커다란 복을 준다. 새로도, 짐승으로도, 물고기로도, 무엇으로도 몸을 바꾼다. 신은 인간의 이상을 상징하는 것이니 이 몸을 바꾸는 변신도, 인간이 가장 소망하는 이상의 경지 가운데 하나임에 틀림없으리라. 인간이 '변신'을 얼마나 즐기는가에 대한 하나의 예이리라.

바로 그렇기 때문에 세계 문학을 거슬러 올라가면 먼 옛날부터 '변형담' 계열이 있었다. 이를 역사적으로 살펴보면 재미있을 것이라 여겨지지만 지금의 내게는 그에 대한 지식이 없다. 극히 최근의 것으로 지난 1년쯤 사이에 매우 재미있는 현대적 변형담을 2편 읽었다. 하나는 카프카의 〈변신〉, 하나는 프랑스의 현대 작가인 마르셀 에메의 〈제2의 얼굴〉. 그러나 이 2작품은 모두 변신 소망 자체가 아니라, 원하지 않았는데 변신하게 된 비참함을 다룬 것이다. 변신 소망을 뒤집은 것이다.

전자는 잘 알고 있을 테니 후자에 대해서 한마디 하겠다. 이 에메의 작품은 매우 새롭다. 1951년 가이마르 초판이다. 나는 영어 번역본으로 읽었다. 1권의 책으로 출판되었지만 장편이라기보다는 중편이다.

처자가 있는 중년 상인이 어느 날 갑자기 20대 미청년으로 변신한다. 어떤 증명서를 발급받기 위해 관공서의 창구에서 자신의 사진을 내밀자 담당자가 이상하다는 얼굴을 한다.

"다른 사람의 사진을 잘못 가져오신 것 아닙니까?", "아니요, 이건 제 사진입니다." 담당자는 정신이 이상한 사람이라고 생각한다. 사진은 오륙십 세쯤의 머리숱이

적은, 살이 늘어진 평범한 사내. 본인은 20대의 생기 넘치는 미청년. 담당자를 놀리고 있거나, 미친 사람이다. 담당자는 후자라고 판단, 잘 달래서 돌려보냈다. 남자는 도무지 영문을 알 수가 없다. 돌아가는 길에 문득 쇼윈도에 비친 자신의 모습을 보고 깜짝 놀란다. 눈이 어떻게 된 걸까 여러 가지로 확인을 해보지만 틀림없이 자신이다. 전혀 낯선 미청년으로 다시 태어난 것이었다. '변신소망'이라는 관점에서 말하자면 이 사내는 이때부터 크게 기뻐해야 할 테지만, 돈도 있고 지위도 있고 사랑하는 아내와 자녀도 있는 보통 사람이기에 오히려 기뻐하지 않는다. 단지 불안할 뿐이다. 고독하기 짝이 없는 니힐리스트나 범죄성이 있는 사람이라면 미친 듯이 기뻐할 테지만, 현실 속의 사회인이라면 기뻐할 수 없다. 집으로 돌아가기가 두렵다. 아내가 도저히 인정해줄 것 같지 않기 때문이다.

어쩔 수 없이 우선은 친구의 집으로 가서 사정을 이야기하지만 친구는 믿어주지 않는다. 이 현실 세계에 동화 같은 변신 따위가 있을 리 없기 때문이다. 친구는 오히려 의심을 품게 된다. 말은 이렇게 하고 있지만 이 사내는 부자 상인을 어딘가에 감금하거나, 혹은 살해한 뒤, 상인인 척해서 재산을 앗으려 하는 것이 아닐까 의심한다. 이 친구는 시인이기 때문에 2인 1역의 범죄 트릭에 대해서는 잘 알고 있다.

여기서 잠깐 탐정소설 이야기를 해보자면, 에메는 탐정 작가는 아니지만 그의 작품에는 탐정소설적 요소가 많다. 다니자키 준이치로의 〈도모다와 마쓰나가의 이야기〉나, 좀 더 비근한 예로 들자면 나의 단편 〈1인 2역〉을 뒤집어보면 이 에메의 착상이 된다.

변신한 사내는 어떻게 처신해야 좋을지 도무지 알 수 없다. 아무도 아는 사람이 없고 호적도 없는 일개 미청년으로 인생을 다시 시작할 용기도 없다. 재산도 아깝고 처자도 아깝다. 이에 궁여지책을 짜낸다. 예전의 상인으로 살던 플랫이 있는 건물의 방 하나를 빌려 다른 이름으로 거기에 살며 자신의 아내에게 연애를 걸어 자신의 것으로 삼겠다는 생각이다. 자신의 전신, 즉 아내의 남편은 이 세상에 존재하지 않으니 비난받을 염려는 없다. 마침내는 결혼해서 자신의 이전 가정으로 돌아가겠다는 계획이다. 아무리 생각해봐도 그 외에는 달리 방법도 길도 없다.

이렇게 해서 자기 자신의 아내에게 타인으로서 다시

연애를 하는 기괴한 처지에 놓이게 된다. 이것이 역시 예전의 작품인 〈1인 2역〉이나 〈석류〉에서 내가 가장 흥미를 느꼈던 처지인 것이다. 그의 아내는 미인에 약간 바람기가 있었기에 이 계획은 뜻밖에도 쉽게 성공을 거둔다. 성공했을 때의 뭐라 표현할 길 없는 이상한 기분. 자신의 아내가 불의를 저지르고 있다. 더구나 그 상대가 자기 자신이다. 미청년으로서의 기쁨과, 50세였던 전남편으로서의 분개가 한데 뒤섞인 것이다.

이 불의의 연애를 자녀나 이웃 앞에서 할 수는 없기에 두 사람은 자연히 서로 약속을 해서 외출한다. 그런 일이 거듭되다보니 어느 날, 친구인 시인에게 두 사람이 손을 잡고 걸어가는 모습을 들켜버리고 만다. 그때 보여준 시인의 표정이 모든 것을 이야기해주고 있는 듯했다. 그는 미청년의 음모가 마침내 무르익어 결국은 부인을 손에 넣었다고 생각했을 것임에 틀림없다. 친구의 재산과 아내를 훔치려 하고 있다. 이를 그냥 두고 볼 수는 없다. 게다가 그 친구는 행방불명이 된 채 일주일이 지나도, 열흘이 지나도 돌아오지 않는다. 이건 보통 일이 아니다. 저 아름다운 얼굴의 건달 같은 놈, 틀림없이 친구를 살해했을 것이다. 이대로 내버려둘 수는 없다. 경찰에 신고해서 조사를 해보는 방법밖에 없다. 변신한 사내는 시인이 틀림없이 그렇게 생각했을 것이라고 직감했다.

이리저리 머리를 굴리던 남자는 아내와 멀리로 도망쳐야겠다고 생각한다. 그러려면 여러 가지로 그럴 듯한 이유를 만들어내야 하지만, 어쨌든 아내를 설득할 수는 있을 것 같았다. 그런 절박한 상황에 빠졌을 때, 마치 악몽에서 깨어나듯 변신이 풀려 원래대로 돌아간다. 식당에서 깜빡 졸다가 문득 눈을 떠보니 자신은 원래대로 50세의 중년 상인이 되어 있었다. 다행이다 싶은 안도감과 함께 오랜만에 맛보게 될 줄 알았던 모험이 아까운 듯한, 묘한 기분이다.

그는 원래의 상인으로 집에 돌아간다. 부재의 이유는 상업상의 갑작스러운 급무가 생겨서 외국에 다녀왔다고 하면 될 터였다. 그리고 미청년은 행방불명이 되어 예전과 같은 부부생활이 시작된다. 그런데 여기서 또 하나의 기묘한 심리가 그려진다. 그것은 원래의 중년 상인으로 돌아온 이 사내가 아내의 불의를 속속들이 알고 있다는, 어떤 방법으로도 다스릴 길이 없는 심리다. 아내는 시치미를 뗀 채 태연한 얼굴을 하고 있다. 단 한 번도 다른 남자를 알지 못했던 정숙한 아내처럼 행동하고 있다.

그런 아내를 자신도 태연한 얼굴로 관찰하는 마음은, 미움이라기보다 가련함이다. 샛서방이 자신이었으니 화도 나지 않는다. 오히려 이상한 흥미까지 느껴진다. 변신이라는 허구에 의해서 처음으로 생겨난 일종의 이상심리상태다. 나는 이와 같은 허구의 이야기를 좋아한다.

에메의 작품은 다른 하나도 영어로 읽었는데 그것도 재미있었다. 평범한 직장인의 머리 위에 갑자기 후광이 생겨난다. 신의 머리 위에 있는 그 빛나는 원 같은 것이다. 그것은 신앙이 두터운 직장인을 신이 가상히 여겼기 때문이지만 직장인은 여간 번거로운 것이 아니다. 거리도 걸을 수가 없다. 사람들이 손가락질하며 웃기 때문이다. 일단은 커다란 모자로 숨긴다. 회사의 사무실에서도 모자를 쓴 채로 지낸다. 그러나 그런 눈속임은 오래 가지 못한다. 곳곳에서 조소의 대상이 되고 아내에게는 잔소리를 듣게 되어 신의 영광을 한없이 저주하며 후광이 없어지기를 간절히 바란 나머지 궁여지책으로 신의 화를 사기로 한다. 다시 말해서 죄악을 행하는 것이다. 거짓말에서부터 시작해서 점점 커다란 범죄로 나아가지만 후광은 사라지지 않는다. 더욱 커다란 죄를, 더욱 커다란 죄를, 이래도 안 없어질래? 이래도 안 없어질래? 그러면

서 끔찍한 죄악을 거듭한다는 이야기. ······이 사람의
소설은 좀 더 읽어보고 싶다.

이야기가 옆길로 샜는데, 에메의 〈제2의 얼굴〉은 변
신소망을 뒤집은 것으로 위의 줄거리만으로는 알 수 없
지만 변신의 매력에 대해서도 말하고 있다. 뒤집은 것이
라고는 하지만 변신 소망이 없는 작가는 이런 소설을
쓸 수 없는 법이다.

변신하고 싶다는 소망, 그것이 얼마나 보편적인지는
화장을 하는 한 가지 사실만 놓고 봐도 알 수 있는 일이
다. 화장이란 곧 소소한 변신이기 때문이다. 나는 소년
시절에 친구와 연극 놀이를 즐기곤 했는데, 여자 옷을
빌려다 거울 앞에서 화장을 할 때의, 일종의 이상한 즐거
움에 경이로움을 느낀 경험조차 있다. 배우란 이 변신
소망을 직업화한 것이다. 하루에 몇 번이고 다른 사람으
로 다시 태어나는 것이리라.

탐정소설의 변장술 역시, 이 변신 소망을 만족시켜주
는 역할을 한다. 트릭으로서의 변장은 이제 거의 흥미를
잃었지만, 변장 그 자체는 역시 매력적이다. 변장소설의
정점을 이루는 것은 정형외과에 의한 완전한 변모를 다
룬 작품이리라. 그 대표적인 작품은 제2차 세계대전 전

에 앤서니 애봇이 제창해서 〈대통령 탐정소설〉이라는
이름으로 출판한 그 합작 소설이다. 이에 대해서는 이
책의 153쪽 이하에 자세히 적었으니 되풀이하지는 않겠
지만, 정형외과에 의해서 전혀 다른 사람이 될 가능성은
충분히 생각해볼 수 있다. 이는 현대의 닌자술이자, 현대
의 투명인간이리라. 그런 의미에서 변신 소망은 또한
'투명인간 소망'과도 닿아 있는 것이다.

(《탐정클럽》 1953년 2월 특별호)

10. 이상한 범죄동기

탐정소설에서 범죄의 동기는 매우 중요한 요소임에 틀림없다. 탐정소설에서는 진짜 동기를 알면 그에 따라서 범인도 판명할 수 있는 경우가 많기 때문에 작가들은 동기를 숨기기 위해 예로부터 여러 가지 궁리를 해왔다. 일반 사람들로서는 얼핏 상상하기도 힘든 동기를 창안해낸 작가도 적지 않다. 일반적인 의미에서의 트릭 외에도 동기 그 자체의 트릭도 있을 수 있는 셈이다.

세이어스, 밴 다인, 톰슨, 헤이크래프트 등의 탐정소설론에서는 신기하게도 동기를 별도 항목으로 뽑아 다루지 않았다. 겨우 캐럴린 웰스와 프랑소와 포스카의 저서에서 간단하게나마 특별히 동기의 문제를 언급했을 뿐이다. 웰스의 〈탐정소설의 기교〉 제23장이 「동기」라는 항목으로 되어 있으나 그 분량은 겨우 2쪽 정도로 극히 간략한 것이다. 그 일부를 발췌해보겠다.

「가장 흥미로운 동기는 말할 것도 없이 '금전', '연애' 및 '복수'다. 이를 세분하자면 증오, 질투, 탐욕, 자기보전, 공명심, 유산문제, 그 외의 여러 항목이 된다. 다시 말해서 인간 감정의 모든 카테고리가 여기에 포함된다.

드물게 이상한 동기라고 할 만한 것이 사용되는 경우도 있다. 예를 들어서 Henry Kitchell Webster의 〈속삭이는 사람〉에서의 살인광, 쟁월의 〈빅 보우 사건〉에서의 기묘한 동기 등이 그것이다. 그러나 이들은 예외적인 작품이고, 누구나 바로 납득할 수 있는 동기를 최고로 친다. 그리고 단순한 동기일수록 쉽게 납득할 수 있다는 것은 말할 필요도 없다. 살인은 인간의 가장 원시적인 충동에서 일어나는 것이니, 소설 자체의 플롯은 아무리 복잡미묘하다 할지라도 동기는 가능한 한 단순명료하고 강력한 것을 고르는 편이 현명한 방법이다.

플롯이 허락한다면 동기를 너무 먼 과거로까지 가져가지는 않는 편이 좋다. 도일의 〈주홍빛에 관한 연구〉나, 그린의 Hand and Ring처럼, 긴 소설을 읽고 난 후에 그 범죄동기의 설명이 30년, 40년이나 옛날로 거슬러 올라간다는 것은 참을 수 없는 일이다.

　이 2개의 작품은 다른 점에 있어서는 참으로 훌륭한 탐정소설이지만, 독자가 도저히 추측할 수 없는 동기가 마지막에 설명되어 있다는 점이 커다란 결점이다.」

　나도 예전에는 웰스와 대체로 같은 생각을 가지고 있었다. 트릭에 관한 메모를 할 때도 동기를 소홀히 한 점 역시 여기에서 온 것이다. 그러나 일반적인 의미에서의 트릭 창의가 점점 어려워졌기 때문에 탐정작가는 동기 자체의 트릭을 고안하게 되었다. 오래된 작가 가운데는 체스터턴과 크리스티가 이 동기의 창의에 가장 힘을 쏟은 듯 여겨지는데, 요즘에는 범인을 찾는 것이 아니라 동기를 찾는 탐정소설까지 나타나, 동기가 탐정소설의 가장 중요한 요소가 되어가고 있다.

　한편 위의 인용문에서 웰스는 '금전', '연애', '복수'라는 3가지 항목을 들었으나 이것만 가지고는 불충분하기에 프랑소와 포스카의 〈탐정소설의 역사와 기교〉 제9장 서두에서 든 동기에 관한 표를 옮겨보기로 하겠다. (포스카의 책에 '동기'라는 장이 따로 있는 것이 아니라 단지 제9장의 글 속에 이 표가 실려 있을 뿐이다. 별다른 설명도 하지 않았다.)

  1. 정열범죄(연애, 질투, 증오, 복수)

  2. 이욕범죄(탐욕, 야심, 이기적 안정)

  3. 광적 범죄(살인광, 변태성욕자)

웰스는 이 가운데 세 번째 항목은 중시하지 않았으나 의외로 많은 작가들이 사용했기에 그냥 지나칠 수는 없다. 두 번째 항목 괄호 안의 '이기적 안정'이라는 말은 의미를 알 수 없다. 원서가 없기에 추측에 지나지 않지만 아마도 그것은 '자기의 안전', 즉 방어적 의미이리라. 과거 자신이 저지른 범죄를 알고 있는 사람을 살해한다 거나, 악인의 음모에 대해 선수를 쳐서 반대로 상대방을 죽인다거나 하는 경우를 말하는 것이리라.

나는 앞으로의 기술에 편의를 도모하기 위해서 이 표를 다음과 같이 고치기로 하겠다.

  1. 감정의 범죄(연애, 원한, 복수, 우월감, 열등감, 도피, 이타)

  2. 이욕의 범죄(물욕, 유산문제, 자기보전, 비밀 유지)

  3. 이상심리의 범죄(살인광, 변태심리, 범죄를 위한 범죄, 유희적 범죄)

  4. 신념의 범죄(사상, 정치, 종교 등의 신념에 바탕을

둔 범죄, 미신에 의한 범죄)

포스카의 표 가운데 첫 번째 항목은 '정열범죄'라고 번역되어 있는데, 이 항목에 당연히 포함되어야 할 것 중에 냉혹하기 짝이 없는 계획복수와 같은 것도 있으니 이 용어는 너무 강하다. 그저 '감정의 범죄'라고 하는 편이 포괄적이리라. 또한 나는 포스카의 표 외에 네 번째로 '신념의 범죄'라는 항목을 하나 추가했다. 정치범이나 광신자의 범죄나 그 외의 특수한 신념에 바탕을 둔 범죄는 1에서 3까지의 어느 항목에도 포함시킬 수 없는 동기이기에 따로 항목을 하나 설정한 것이다. 이 항목의 일부인 정치, 종교 등의 비밀결사원에 의한 살인은 스파이 소설 및 그 외에 속하는 것으로 종전의 탐정소설에서는 그다지 환영받지 못한 동기였으나(밴 다인은 〈탐정소설의 법칙 20〉의 제13조에서 비밀결사의 범죄를 배제했다.) 탐정소설에도 이러한 작례는 적지 않으며, 다른 하나인 미신에 의한 범죄는 종종 탐정소설에 도입되고 있으니 여러 가지 의미에서 이 네 번째 항목은 역시 필요하다.

위의 네 항목 가운데 첫 번째 항목의 우월감, 열등감, 도피 3가지의 실례가 재미있으니 그것을 다음에 적어보기로 하겠다.

우월감과 열등감의 동기

저명한 작품에서 종종 사용되는 매우 커다란 감정상의 동기가 있다. 그것은 자신의 우월함을 증명하기 위한 범죄와 반대로 자신이 가지고 있는 열등감에 복수를 하기 위한 범죄다.

우월감과 열등감은 동전의 양면과 같아서, 자신의 우월함을 증명하지 않고는 견딜 수 없다는 것은 의식 속에 열등감이 있기 때문이라고 할 수 있다. 그 열등감을 정복하기 위한 우월감인 것이다. 스탕달의 〈적과 흑〉이나 부르제의 〈형제〉 속 주인공이 품고 있는 그 우월욕과 자부심 뒤에는 사회적으로 하층민의 집에서 태어났다는 열등감이 숨어 있다. 이처럼 동전의 양면이기는 하지만 탐정소설에는 우월욕을 표면에 부각시킨 것과 열등감을 표면에 부각시킨 것, 2가지가 있다. 전자의 적절한 예는 시므농의 〈한 남자의 머리〉에 등장하는 범인의 심리일 것이다. 그 범죄는 빈곤과 불치의 병에서 오는 절망감 때문에 부유계급에 대한 조소로 행해진 것인데, 거기에는 열등감과 우월욕이 섬세하게 얽혀 있다. 또한 밴 다인의 〈비숍 살인사건〉 속 범인도 증오나 이욕으로는 설명할 수 없는 우월감 그 자체를 위해서 여러 사람을 살해하는데, 그의 열등감은 나이를 먹어 학문연구의 능력을 잃었다는 데 있다. 또 하나는 필포츠의 〈빨강머리 레드메인 일가〉 속 범인인데, 그의 경우는 물론 이욕을 수반하고 있기는 하지만 사회생활상의 약자가 범죄세계에서 거만하게 자신의 우월함을 증명하려 하는 심리가 크게 작용하고 있다.

이와는 반대로 열등감에 중점을 둔 작례는 퀸의 〈Y의 비극〉일 것이다. 아내에게 시달리던 남편이 교묘한 수단으로 아내를 살해하는 꿈을 소설의 줄거리로 남겼는데, 그것을 그가 죽은 후 순진한 유아가 적혀 있는 줄거리대로 실행한다는 내용으로, 표면상으로는 사후의 남편이 아내에게 복수한다는 형식을 취하고 있지만 심리적으로는 자신의 열등감에 대한 복수이자 또한 그것을 스스로는 실행할 힘이 없기에 소설로 써서 표현하여 그것으로 위로를 삼고 있는 것이다.

또 하나의 예를 들어보자면 영국의 장편 가운데, 몇십 년 동안 사귀어온 친구로 단 한 번도 말다툼을 한 적이 없는 한쪽의 사내가 은밀하게 계획을 세워 다른 쪽의 친구를 살해한다는 것이 있다. 평범한 의미에서의 복수라는 동기는 어디에도 없다. 두 사람은 청년 시절부터 같은 환경에서 자랐는데 무슨 일에 있어서나 피해자 쪽이 한 수 위여서 범인은 늘 그의 뒤를 따를 수밖에 없었다. 중년인 현재가 되고 보니 피해자는 커다란 부자가 되었고 사회적 지위도 높으나, 범인은 무엇 하나 부족할 것 없는 생활을 하고 있기는 하지만 하나에서부터 열까지 상대방에게 주눅이 들어 있으며 집도 상대방 소유의 셋집을 호의적으로 싸게 빌려서 살고 있는 형편. 사냥 외에도 여러 스포츠에 이르기까지 언제나 사이좋게 함께 즐기지만 도저히 상대방을 이길 수는 없다. 언제나 주인과 하인과 같은 압박감을 느끼고 있다. 그 오랜 세월 동안의 열등감 자체가 유일한 살인 동기가 된 것이다. 그는 교묘한 트릭으로 알리바이를 만들어 조금도 의심받지 않고 살인에 성공한다. 범인과 피해자는 누구나 부러워하는 친구관계이고 한쪽이 죽어도 다른 쪽에 물질상의 이익이 있는 것도 아니기에, 친구의 죽음을 발견하고 가장 슬퍼하는 그 사람이 사실은 진범일 것이라고는 누구도 상상하지 못한다. 이것도 뜻밖의 동기그 자체를 트릭 가운데 하나로 삼은 작품이다.

그리고 미국의 저명한 문학작가가 쓴 단편 탐정소설 가운데 이런 것이 있다. 한 실업가의 비서로 있는 청년이, 실업가가 자신을 어디까지나 고용인으로 기계처럼 다루어 인간으로서의 친밀함을 나타내지 않는다는 사실에 열등감이 쌓여, 오직 그 이유만으로 살의를 품게 되고, 대담하기 짝이 없는 알리바이 트릭을 생각해내서 살인죄를 범한다. 물욕은 물론 아니다. 일반적인 의미에서의 복수와도 다르다. 이런 종류의 범죄는 열등감과 우월감이 아니고서는 설명할 길이 없다.

영국의 그다지 유명하지 않은 작가의 단편 가운데 〈동기가 없는 살인〉이라는 특이한 작품이 있다. 동기가 없는 것이 아니다. 상식을 초월한 동기인 것이다. 문학자적인 성격을 가진 가난한 귀족이 이웃인 부호의 부추김에 넘어가 한 청년의 발명을 훔친다. 그리고 그 발명품을 제조함으로 해서 커다란 부자가 된다. 그 귀족이 노년에 이르러 이웃인 부호를 점점 증오하기 시작한다. 상대방은 물론 호의해서 해준 일이었다. 부추김에 넘어간 자신의 잘못이라는 사실도 잘 알고 있다. 그럼에도 불구하고 그 사람이 그런 말만 하지 않았다면 자신은 이렇게 평생 정신적인 부담에 시달리지 않아도 되었을 것이라 생각하면 상대방이 미워서 견딜 수가 없다. 그 증오가 쌓이고 쌓여서, 어느 날 친한 친구로 부호의 방에 들어갔을 때 갑자기 충동적으로 권총을 발사해서 상대방을 살해해버린다. 단서가 될 만한 것은 아무것도 남기지 않는다. 앞서의 예와 마찬가지로 말다툼 한 번 한 적이 없는 사이로 의심할 만한 동기가 전혀 없기에 사건은 미궁에 빠진다. 이 범인의 심리는 열등감이라기보다 극단적인 이기주의라고 해야 하는 걸까? 자책감을 타인에게 전가하여 그 타인을 살해하면 자책감이 소멸될 것이라고 망상하는, 어찌 해볼 수도 없는 이기주의라고 해석해야 하는 걸까?

도피의 동기

위의 예도 역시 고통에서 벗어나기 위한 범죄 가운데 하나라고 할 수 있겠으나, 그와는 다른 의미에서 순수하게 도피(이스케이프)를 위한 범죄라는 것을 생각한 두 작가가 있다. 그 가운데 한 사람이 전 미국 대통령인 루즈벨트(작가라고는 할 수 없지만), 다른 한 사람이 영국의 역설가인 체스터턴이라는 사실도 재미있다. 이는 일단 범죄라는 외모를 가지고 있을 뿐, 둘 모두 진짜 범죄라고는 할 수 없다.

탐정작가인 앤서니 애봇은 《리버티》의 기자로 있을 때 곧잘 루즈벨트를 찾아가곤 했었는데, 대통령은 유명한 탐정소설 애호가였고 애봇은 작가였기에 둘 사이에서는 종종 탐정소설에 대한 이야기가 오고갔다. 한번은 애봇이 루즈벨트에게, 당신 자신이 탐정소설을 한번 써볼 생각은 없느냐고 물었더니, 대통령은 '나는 바빠서 도저히 쓸 여유가 없지만 탐정소설의 줄거리는 가지고 있다. 이걸 전문 탐정작가에게 써보게 하는 건 어떻겠는가.'라고 대답했다. 이 말을 들은 애봇은 크게 기뻐하며 당장 밴 다인을 시작으로 저명한 작가 6명을 동원해 대통령의 입안에 의한 장편 탐정소설을 분담해서 집필케 했다. 그리고 이를 〈대통령 탐정소설〉이라는 제목으로 발매했다. 이 책의 표지에는 입안자로서 루즈벨트의 이름이 커다랗게 인쇄되어 있다.

그 대통령이 입안한 줄거리가 매우 재미있다. 대정치가나 대실업가의 의식 속에 잠재된 소망으로 숨어 있을 법한, 이 세상에서 모습을 완전히 감춰버린다는 트릭을 중심으로 한 탐정소설이다.

그 대통령이 고안한 것은 한 남자가 현재의 환경에서

완전히 도피하려 한다는 내용이다. 실업계에 이름이 알려진 백만장자가 현재의 생활에 싫증이 나서 다른 도시에서 전혀 다른 사람으로 새로운 생활을 시작하고 싶다고 생각한다. 가족, 친척, 지인, 자신의 사회적 지위 등 모든 것과 연을 끊고 새로 태어나고 싶지만, 그러나 돈만은 가져가고 싶다. 예를 들어서 700만 달러의 재산이 있다고 한다면 그 가운데 200만 달러 정도는 가족의 생활비로 남기고 나머지 500만 달러는 가져가고 싶다. 그리고 가족이나 지인들이 아무리 찾아도 절대로 발견할 수 없게 하고 싶은 것이다.

참으로 대정치가나 대실업가의 잠재의식 속에 있을 법한 소망으로 루즈벨트 대통령이 이런 문제를 생각했다는 점이 매우 재미있다고 생각한다. 동양에 이러한 사상은 옛날부터 있었다. 고위고관에 있던 사람이 번거로운 현세를 떠나 산에 들어가거나 은자의 생활을 보낸 경우는 드물지 않았다. 그것의 속된 형태가 윤택한 은자이다. 동양사상에서는 금전과도 연을 끊지만 미국의 도피는 재산의 대부분을 가져가려 하니 과연 현세적이다. 게다가 새롭게 태어나 전혀 다른 삶을 시작하려 하니 이는 은둔자가 아니라 조금 더 적극적인 경정(更正)이다. 그런 만큼 이 도피에는 커다란 어려움이 따른다. 세상에 알려진 실업가라 할지라도 전 재산을 포기하고 남미나 호주로 건너가 일개 가난한 사람으로 살아간다면 그렇게 어려울 것도 없을지 모르겠으나 500만 달러나 되는 돈을 들고 가려니 거기에 발목이 잡힌다. 예를 들어서 보석으로 바꾸어 가져간다 할지라도 그것을 팔면 정체가 드러난다. 그럴 염려가 전혀 없도록 하기 위해서는 커다란 범죄자와 같은 정도의 교활한 지혜가 필요하기에 그 방법을 6명의 작가에게 생각게 한다는 것이었다. 작가들은 이에 대해서 어떤 해답을 내렸을까?

나는 이 〈대통령 탐정소설〉을 일찍부터 가지고 있었지만 연작소설은 읽을 마음이 들지 않았기에 서문만을 읽고 던져두었는데, 이 글을 쓰기 위해서 마침내 전부를 읽었다. 읽고 나니 생각보다 재미있었고 새로운 인상을 받았기에, 이 부분만 길어져 균형이 깨질지 모르겠으나 조금 상세히 써보기로 하겠다.

연작 집필자로 선택받은 작가는 루퍼트 휴즈, 사무엘 홉킨스 애덤스, 앤서니 애봇, 리타 와이먼, 밴 다인, 존 어스킨 6명이었다. 이 순서대로 집필해서 1편의 장편소설로 정리한 것이다. 우선 제1회 담당인 휴즈가 주인공의 입장을 결정했다. 주인공은 변호사사무소를 열어 700만이라는 재산을 축적한 중년 사내(미국에서는 변호사라도 백만장자가 될 수 있는 모양이다). 그의 아내는 배우 출신의 러시아 미인으로 돈을 목적으로 결혼한 여자. 남편의 눈을 속여 젊은 스포츠맨 등과 재미를 본다. 남편이 그 사실을 알고 이혼 이야기를 꺼내자, 재산을 잃어서는 안 되겠기에 자살하겠다고 협박해서 거기에 응하지 않는다. 변호사는 그런 이유에서(그 외에도 약간의 이유가 있다) 마침내 현재의 상황이 지긋지긋해졌기에 전혀 다른 사람으로 태어나 새로운 생활을 시작하기로 결의, 장기간에 걸쳐서 그 준비를 한다. (이는 대통령의 착상과는 조금 다른 듯하다. 대통령의 생각은 좀 더 사회적 명성이 높은 인물로, 그 명성에서 오는 생활의 갑갑함에 싫증이 나서, 그것 자체가 동기가 되어 도피를 결심하는 것이라 여겨진다. 부부관계에서 오는 갈등 등을 주요한 동기로 삼아서는 대통령이 기껏 설정한 심리적 착상이 약해져버린다.)

도피를 위해 첫 번째로 착수한 일은, 가명으로 복화술사의 제자로 들어가 누구에게도 들키지 않을 장소에서 반년 동안 목소리를 바꾸는 연습을 한 일이었다. 그렇게 해서 누구의 목소리도 흉내 낼 수 있게 된다. (이는 성대 모사이니 일본이라면 복화술사라기보다 성대모사 전문 가의 제자로 들어간 셈이다.)

　제2회를 맡은 애덤스는 여기에 이어 표정, 손의 동작, 걸을 때의 버릇과 그 외의 모든 몸짓을 다른 사람인 것처럼 꾸미기 위해서 역시 배우의 제자가 되어 수개월 동안 연습을 한다는 줄거리로 이어갔다. 그리고 가지고 있던 주식 약 500만 달러를 한 중개점을 통해서, 눈에 띄지 않도록 1개월에 걸쳐서 처분하여 전부 현금으로 바꾼다.

　제3회를 맡은 애봇은 과연 이 연작의 주창자답게 매우 심혈을 기울여 썼다. 내가 감상을 이야기하고 싶은 것도 주로 이 부분이다. 여기서 마침내 주인공은 안면 및 전신의 정형외과 수술을 받게 된다. 하지만 완전히 가공의 인물을 만들어내서는, 500만 달러를 가지고 그것으로 새로운 일을 시작하려 하는 것이니 사람들이 이상히 여길 우려가 충분히 있다. 이에 그는 사립탐정사에 의뢰해 실업계에서 은퇴한 자산가 가운데 독신으로 가까운 친척도 없이 심장병으로 죽음을 선고받은 인물을 찾아달라고 한다. 널따란 미국에서의 일이니 이런 까다로운 조건에 맞는 인물이 전혀 없다고는 말할 수 없다. 마침내

한 지방의 병원에서 주인공이 제시한 조건대로 죽음을 기다리고 있는 사람을 찾아낸다. 그 병원으로 찾아간 변호사는 그 사람을 만나 행방불명된 그의 여동생을 반드시 찾아내서 보살펴주겠다는 조건으로 그 사람의 이력을 사들인다. 그리고 그 심장병 환자와 함께 뉴욕에서 멀리 떨어진 작은 도시의 정형외과 병원에 입원한다.

그 병원의 원장은 정형외과의 명인이지만 병원 건물은 그다지 번듯하지 못했기에 막대한 건축비를 내겠다는 조건으로 그 어떤 질문도 금하고 전신의 정형수술을 수락하게 한다. 변호사는 물론 이들 교섭에서는 전부 어떤 가명을 쓴다. 변모의 모델은 심장병이 있는 사람이기에 그 사람이 병에 걸리기 전의 사진 등을 참고로 해서 건강했던 때의 모습과 비슷하게 해달라고 한다. 여기서부터 정형술의 묘사가 시작된다. 털의 색과 모양을 바꾸고, 머리 모양을 고치고, 눈썹을 바꾸고, 눈꺼풀을 바꾸고, 뼈를 깎아서 코·턱·뺨의 모습을 바꾸고, 입·귀를 바꾸고, 어깨의 뼈를 깎아서 부드러운 어깨선으로 만들고, 손발의 끝에 이르기까지 모든 변형을 행해 전혀 다른 사람을 만들어낸다. 물론 1년에 가까운 세월을 요하는 일이다.

투명인간 소망

여기서 잠시 여담으로 들어가보겠다. 옛날이야기 가운데 투명망토라는 것이 있다. 그 망토를 두르면 자신의 모습이 타인에게는 보이지 않는다. 어떤 장난을 쳐도, 어떤 나쁜 짓을 해도, 무슨 행동을 해도 상대방에게는 이쪽의 모습이 보이지 않는 것이다. 이는 인류의 수천 년 동안에 걸친 소망이리라. 그렇기에 전 세계적으로 이야기화 되었고 서양에서는 H. G. 웰스의 〈투명인간〉, 일본에서는 사루토비 사스케의 닌자술이 되어 만인의 흥미를 불러일으킨 것이다. 선인도 투명망토를 갖고 싶을 테지만 악인은 한층 더 갖고 싶을 것이다. 그것 하나만 있으면 그의 사전에서 '불가능'이라는 단어가 사라져버리기 때문이다.

애봇의 외과변모술은 가장 과학화된 '투명망토'다. 애초부터 루즈벨트의 출제 자체가 어떤 형태의 '투명망토'를 요구하는 것이었다. 이 대정치가의 의식 속에도 강한 '투명망토' 소망이 있었고, 거기에 동감한 애봇이 정형외과술로 화답을 한 것이다.

나도 '투명망토' 소망이 강한 사람으로 예전의 작품

가운데 '엿보기'의 심리를 묘사한 작품이 많은 것도 여기에서 온 것이다. 〈지붕 아래의 산책자9)〉에서 천장 속이라는 투명망토에 숨어 악을 행하는 것도, 〈인간의자〉라는 투명망토에 숨어서 연애를 하는 것도 전부 이 소망의 변형이었다. 잭 런던의 〈빛과 그림자〉나 H. G. 웰즈의 〈투명인간〉에 집착한 것도, 루이코의 〈유령탑〉이나 〈백발귀〉에 끌려 내 자신이 그 작품들을 다시 쓴 것도 역시 이 소망에서 온 것이다.

루이코의 대표작인 〈아아, 무정〉, 〈암굴왕〉, 〈백발귀〉, 〈유령탑〉 등에 전부 이 '투명망토' 소망이 담겨 있다는 것은 흥미진진한 일이다. 〈아아, 무정〉에서는 전과자가 전혀 다른 사람인 커다란 공장의 주인이 되고, 〈암굴왕〉에서는 바다 속에서 물고기밥이 된 줄 알았던 탈옥수가 왕자와도 같은 존재가 되고, 〈백발귀〉에서는 무덤 속에서 되살아난 사람이 다른 사람인 척해서 원래의 아내와 재혼하는 등, 전부 독자의 '투명망토' 소망을 자극하는 부분이 매우 강하고 크다. 우리가 소년 시절에 이들 작품에 심취한 이유의 절반은 아마도 이 요소에 의한 것이 아닐까 여겨진다.

---

9) 당사의 《세계 3대 명탐정 단편걸작선》에 수록되어 있다.

〈유령탑〉에는 기괴한 노과학자가 전기의 작용으로 여주인공의 용모를 마음대로 바꾸는 내용이 있는데, 그 방법에는 마술성이 강해 아직은 옛날이야기 수준에서 벗어나지 못했다. 애봇이 이를 근대화하고 과학화한 것이다. 나도 〈유령탑〉을 다시 쓸 때, 외과변모의 부분은 원작보다 과학적으로 써서 애봇에 가까운 설명을 가했지만 나는 외과수술에 대한 지식이 부족하기에 거의 상식 수준에서 쓴 것이어서 애봇만큼 상세하지는 않았다. 또한 나는 중편 〈석류〉에도 이 방법을 도입해 일단 기술하기는 했으나, 역시 인용한 예 등의 점에서 애봇에까지는 이르지 못했다. 하지만 애봇의 묘사가 완전하다는 것은 아니다. 만약 이 부분에만 흥미를 집중해서 충분한 자료를 모았다면 훨씬 더 과학적이고 훨씬 더 상세하게 묘사할 수 있었을 것이다. 그리고 현대의 '투명망토'를 이론상으로라도 완성할 수 있었을 것이다.

외과변모술 가운데 딱 한 가지, 애봇은 내가 전혀 깨닫지 못했던 수법을 도입했다. 요즘 얇은 유리, 혹은 합성수지로 만든 렌즈를 눈의 각막에 붙여 안경대신으로 삼는 방법이 고안되었다고 들었는데, 애봇은 1935년의 이 작품 속에 변모 수단으로 일찌감치 이를 도입했다. 안면의 다른 부분을 아무리 바꾸어도 눈이 예전과 같다면 곧 그 사람이라고 간파 당하고 만다. 반대로 눈을 숨기면 다른 부분은 똑같아도 좀처럼 그 사람이라고는 알아보지 못하는 법이다(꽃놀이에서의 변장 안경을 생각해보라). 이 가장 커다란 난관인 눈도 만약 눈꺼풀 안쪽에 얇은 유리를 넣을 수 있다면 눈의 색이나 눈동자의 크기까지 마음대로 바꿀 수 있으니 변장에는 무엇보다도 효과적이다. 애봇은 참으로 중요한 사실을 깨달은 셈이다.

그런데 범죄자의 이와 같은 외과변모는 제1차 세계대전 전후부터 현실에서도 행해지고 있었다. 1950년 3월에 이와타니 서점에서 출판한 제데르만과 오콘넬의 공저《현대 범죄수사의 과학》의 105쪽 「정형외과 및 범죄의 감식」 항목을 보면, 범죄자가 외과변모를 꾀한 실례를 들어놓았다. 주요 부분을 인용해보겠다. 「(제1차 세계대전 전에도 외과변모의 예가 몇몇 보고되어 있지만)제1차 세계대전 이후 그러한 보도가 여러 건 신문지상에 나타났다. 유명한 범죄자 조지 델린거는 그 안면에 외과수술을 받은 것으로 추정되고 있다. 도판 제18은 델린거의 수술 전 얼굴 2개와, 이후의 얼굴 2개를 실은 것이다. 그러나 알 수 있는 것은 그 변모가 극히 근소하다는 점이다. 의심할 것도 없이 솜씨 좋은 정형외과의는 틀림없이 얼굴의 형태를 경이적으로 변경할 수 있을 것이다. 하지만 만약 범죄자가 이전까지 관계를 맺었던 주위와 관계를 끊고 새로 출발하지 않는다면 그러한 변화도 거의 가치가 없다는 사실을 알게 될 것이다. 이 방법이 실패로 끝나버리기 쉬운 데에는 2가지 이유가 있다. 그 하나는, 보통의 얼굴로는 사람들을 완전히 속일 정도의 변화를 만들기가 어려우며, 설령 그것이 가능하다 할지라도 수술 흔적이 장기간에 걸쳐서 남는다는 점, 두 번째는 전혀 낯선 땅에 주거를 정하기 어렵고 수술의 흔적이 치유되기까지 장기간 미지의 땅에 체재하기 어렵다는 점이다.」

그러나 이러한 종류의 어려움은 〈대통령 탐정소설〉의 경우처럼 백만장자에게는 조금도 장애가 되지 않는다. 그는 낯선 땅에서의 정주를 바라고 있는 것이다. 또한 변모가 완전한가 완전하지 않은가는 범인이 어느 정도의 비용과 어느 정도의 날짜를 들일 수 있는가에 따라서 달라진다. 만약 그러한 조건들을 온갖 어려움(의사를 설득하는 일, 장기간에 걸친 수술기간 동안 세상의 눈을 속이는 일, 의사에게 영원히 비밀을 지키게 하는 일 등)에도 불구하고 극복할 수 있다면 경찰에 잡힌 위의 실제 범인보다 훨씬 더 알아보기 어려운 변모도 가능할 것이다. 혹은 그러한 대변모에 성공해서 실제로 사람들의 눈을 속인 범죄자가 전혀 없다고는 단언할 수 없으리라 여겨진다.

여담이 매우 길어졌는데 여기서 이야기를 원래대로 되돌리자면, 변모의 모델이 된 심장병환자는 외과병원에서 사망하고 그렇게 해서 사람의 바꿔치기가 완성된다. 변호사는 완전히 심장병이었던 인물이 되어버렸다. 심장병환자의 시체는 그 지역에 매장되고 그때까지 사용하던 변호사의 가명이 묘비에 새겨졌다.

제4회를 담당한 와이먼은 다음으로 변호사 자신의 말소에 대해서 썼다. 제아무리 다른 사람이 되었다 할지라도 뉴욕에서 행방불명된 변호사의 사망이 확인되지 않는 한 세상은 잠잠해지지 않을 것이다. 그 시체위조의 수단이다. 변호사는 다시 사립탐정을 고용해서 (물론 가명으로) 빚에 시달리고 있는, 얼마간은 불량스러운 면이 있는 의학생을 찾아 그 학생에게 커다란 금액의 사례비를 주고 의학교의 실험용 시체 보관소에서 나이, 키와 몸집 등이 자신과 비슷한 시체를 훔쳐내게 하고, 한편으로는 뉴욕 교외의 차고에 맡겨두었던 자신의 자동차를 찾아 자신의 옷을 입힌 시체를 거기에 태운 뒤 자동차와 함께 절벽에서 추락하게 하여 자신의 과실사를 위장한다. 추락할 때 휘발유가 폭발, 시체가 검게 타서 용모 등은 알아볼 수 없게 된다.

제5회는 밴 다인이 담당했는데 이후 1회로 결말을 내야했기에 이 부근에서부터 점점 억지스러운 줄거리가 되어간다. 밴 다인의 글에서도 정채(精彩)는 거의 찾아볼 수 없다. 자동차 사고에 관한 기사가 신문에 실린다. 유명한 변호사였기에 센세이션도 커다란 것이었다. 그는 득의의 미소를 지으며 자신의 사망기사를 읽는다. 계획이 뜻대로 된 것이다. 장례식 날짜도 결정되어 그것이 신문에 발표된다. 그는 자신의 장례식에 참석한다. 일종의 우월감과, 변모를 지인들이 알아보는지 시험하기 위해서다. 그러나 누구도 알아보는 사람은 없었다. 아내조차도 그와 얼굴을 마주했으나 눈치 채지 못했다.

그런데 여기부터 그 뒤가 영 재미있지 않다. 그는 한 가지 커다란 실수를 했다는 사실을 깨닫게 된다. 어떤 사정이 있어서 관계자가 시체를 다시 검사해보니 두부에 총알 자국이 있고 머리 안에 총알까지 남아 있었다. 훔쳐낸 것이 자살한 사람의 시체였다는 사실을 그만 생각에 넣지 못했던 것이다. 이는 참으로 구차한 플롯인데, 그것이 여러 가지로 뒤얽혀서 결국은 변호사의 아내가 혐의를 받게 되고, (이하 제6회 어스킨 담당) 그녀의 무죄를 증명하기 위해서 그는 그렇게도 고심했던 계획을 포기하고 관계자에게 진실을 고백하게 된다. 그러나 악처와 다시 살게 되지는 않는다. 그녀는 고향인 러시아에 남편이 있는데, 그 사실을 숨기고 결혼한 죄를 범했다는 사실이 밝혀진다. 이처럼 참으로 허무한 결말이 되어버렸다. 과거 일본의 연작만큼 엉터리는 아니지만 역시 연작의 약점을 그대로 드러낸 셈이다.

연작의 대략적인 줄거리는 이것으로 끝인데, 한편으로 가만히 생각해보니 휴즈에서부터 와이먼까지 4회에 걸친 여러 가지 변모계획에는 참으로 너무나도 커다란 결함이 있다. 범죄의 비밀을 철저히 지키기 위해서는 공범자를 만들지 말고 처음부터 끝까지 단독으로 행동해야 하는 것이 원칙인데 이 주인공은 그 원칙을 완전히 깨버렸다. 그 자신 외에 그의 비밀의 일부에 관여한 사람들이 무수히 많다. 복화술사, 배우, 주식을 매각하게 한 중개인, 정형외과의, 심장병환자를 찾아낸 탐정, 시체를 훔친 의학생, 그 의학생을 찾아낸 사립탐정, 직접적으로 관계한 사람만 해도 7명이나 되는데, 그 외에도 예를 들어서 외과병원의 조수와 간호부, 복화술사나 몸짓을 연습한 집의 관리인과 고용인, 중개점의 점원 등처럼 그의 기묘한 행동을 본 사람이 몇 명이나 되는지도 알 수 없다. 그 가운데 한 사람이라도 명탐정의 손에 걸리면 거기에서부터 차례차례 변호사의 행동이 폭로될 것이며, 또 7명의 직접적인 관계자 가운데 누군가가 사실을 이야기할 마음이 든다면, 이도 역시 진상이 줄줄이 밝혀질 것이다. 참으로 위험천만. 한편으로는 그렇게도 면밀한 계획을 세운 주인공이, 이 방면에서는 마치 초등학생처럼 순진하고 노골적인 실수를 범했다.

앞서 이야기한《수사의 과학》에서는 수술의 흔적에 대해서만 신경을 썼으나 실제문제에 있어서도 어려움은 오히려 이 방면에 있다. 적어도 정형외과의만은 아무래도 비밀을 알게 된다. 거기에 그 조수가 있고 간호부가 있다. 이를 생각한다면 범죄자의 외과변모에 의한 투명망토는 역시 쉽지 않은 일임에 틀림없다.

〈대통령 탐정소설〉에 대한 감상이 길어졌는데, 여기서 다음으로 넘어가겠다.

도피의 다른 예

체스터턴의 단편 가운데 도피를 동기로 삼은 기묘한 작품이 있다. 나는 이 작품을 읽고 커다란 감명을 받았기에 메모 뒤에 '탐정소설의 근본적인 흥미는 패러독스라고 느꼈다. 임포서블 흥미란 패러독스(사상의 마술)다.'라고 적었다. 트릭 그 자체와는 별도로 글 속에 흐르는 체스터턴의 뛰어난 논리가 내게 그런 감명을 준 것이다. 그런데 그 줄거리는 부를 축적한 대시인이 온갖 사치와 쾌락을 누리다 시인이라는 지위에 싫증이 나서 전혀 새로운 사람으로 다시 태어나기를 소망한다, 그래서 다음과 같은 투명망토를 안출한다는 것이다.

그에게는 참으로 평범한 동생이 한 명 있는데 그 시의 변두리에서 잡화점을 운영하며 그 어떤 번거로움도 없는 평화로운 나날을 보내고 있다. 천재적인 시인에게는 그 평범함이 부러웠다. 이에 그는 동생에게 커다란 돈을 주어 외국으로 장기 여행을 보낸 뒤, 자신이 동생으로 변장하여(형제이기에 얼굴은 비슷하다) 잡화점의 평범한 주인이 되겠다는 생각을 했다.

그리고 두 사람이 상의를 한 끝에, 우선 동생이 그

시 가까이에 있는 해수욕장의 탈의실 속에서 옷을 벗고 알몸인 채로 바다에 들어가 멀리 떨어진 한적한 해안으로 헤엄쳐 간다. 그 해안의 바위 뒤에는 미리 준비해둔 다른 복장과 여행가방 등이 놓여 있다. 동생은 그것을 입고 아는 사람들의 눈에 띌 염려가 없는 길을 지나 그대로 외국 여행에 나선다. 한편 시인인 형은 뒤를 따라서 탈의실로 들어가 동생의 옷을 입고 수염을 깎은 뒤 그대로 동생의 잡화점으로 돌아가 그곳의 주인으로서의 새로운 생활을 시작한다.

이를 세상에서 보자면 부자인 형이 행방불명되었는데 아무런 단서도 찾을 수 없는 것이니, 이익을 얻는 자를 의심하라는 말에 따라 유일한 재산 상속자인 동생이 의심을 받게 된다. 이에 동생인 잡화상이 취조를 받게 되는데 결국은 명탐정의 기발한 추리에 의해서 형제가 바뀌었다는 진상이 폭로된다는 이야기다. 이러한 경우 탐정에게 시인의 이상심리를 이해할 힘이 없다면 수사에는 성공하지 못하게 된다.

이처럼 상식을 초월한 동기는 밴 다인식 사고에서는 언페어한 것이지만, 체스터턴이 다루면 조금도 불만이 느껴지지 않는 재미있는 소설이 된다. 이 기발한 동기의 설명에, 앞서 이야기한 뚜렷한 패러독스가 사용되고 있다.

위의 2가지 예와 같은 의미의 도피는 아니지만 리처드 헐의 도서(倒敍, 시간의 흐름과 반대로 서술함. ― 역주) 탐정소설인 〈숙모 죽이기〉는 불량청년이 사치스럽고 방탕한 생활을 하고 싶어서 자신의 자유를 속박하고 있는, 부모와 다를 바 없는 숙모를 죽이려 한다는 이야기로 역시 현재의 엄격하고 음울한 생활에서 도피하려 하는 마음이 동기가 되어 있다. 〈숙모 죽이기〉에 대해서는 《환영성》에 실은 〈도서 탐정소설 재설〉에서 줄거리를 이야기했으니 여기서 되풀이하지는 않겠다.

이 항목에 속하는 것 가운데 조금 재미있는 것이 있다. 〈육교 살인사건〉의 저자인 녹스는 지금 비숍이라는 지위에까지 올라 〈녹스 성서〉라는 것까지 쓴 훌륭한 학승인데 기발한 단편 소설인 〈밀실 속 수행자〉에서도 알 수 있는 것처럼 참으로 극단적인 줄거리를 생각해내는 사람이다. 동기에 대한 고안에도 다음과 같이 대담한 면이 있다.

불치의 병으로 의사에게 죽음을 선고받은 남자가 그 고통에서 벗어나기 위해 상당한 고심을 한다는 이야기.

겁쟁이여서 도저히 자살은 하지 못한다. 스스로 죽을 수 없다면 다른 사람이 살해하게 할 수밖에 없지만 스스로 나서서 살인죄를 범해줄 독지가는 없다. 스스로 그런 상대를 만들어내지 않으면 안 된다. 이에 그는 죽여줄 사람이 없다면 자신이 누군가를 살해해서 그 죗값으로 사형을 당하는 것이 최선이라고, 참으로 복잡한 방법을 생각해낸다. 이 이야기도 이미 「뜻밖의 범인」에서 상세히 다루었으니 참조하시기 바란다.

《보석》 1950년 8~11월호의 연재 수필에서 발췌)

11. 탐정소설에 나타난 범죄심리

탐정소설은 그 본래의 목적이 복잡한 비밀을 푸는 논리의 흥미에 있기 때문에 범죄자의 심리를 노골적으로 묘사하는 경우는 거의 없다. '범인의 의외성'이 하나의 조건이 되어 있을 정도이기에 범인은 소설의 최후까지 그 정체를 드러내지 않는다. 따라서 범인의 심리나 성격을 자세히 묘사할 여유가 없으며, 범인이 폭로되어버리면 탐정소설은 거기서 끝장이라는 것이 일반적인 형태이다. 바꿔 말하자면 탐정소설은 범죄사건을 탐정의 입장에서 묘사하는 소설로 탐정의 성격은 극명하게 묘사되지만, 범인의 그것은 간접적인 방법으로 묘사할 수밖에 없다. 묘사할 수 있는 것은 범인의 인간상이 아니라 교묘한 범죄수단이다. 그러나 그럼에도 불구하고 뛰어난 탐정소설에는 범죄자의 심리와 성격이 잘 나타나 있다. 직접적으로 묘사하지는 않지만 매우 감명 깊게 범죄자의 인간상이 부각되는 경우도 있다.

　교묘하고 복잡한 범죄를 그린 장편 탐정소설의 범인은 대부분의 경우 일종의 니힐리스트다. 종교상 및 도덕상의 불신앙자다. 신도 양심도 두려워하지 않는다. 두려워하는 것은 오로지 형벌뿐이다. 아니, 형벌조차 두려워하지 않는 자가 종종 등장한다. 이는 미스터리 문학으로서의 탐정소설에서는 이러한 범인을 가정하는 것이 가장 편리하다는 점에서도 오는 것이다. 복잡하고 교묘한 범죄는 감정적 착오에 빠지지 않는 기계적 냉혈을 조건으로 한다. 그런 냉혈한으로는 니힐리스트가 가장 적합하다.

　범죄자의 심리가 생생하게 묘사되어 있는 탐정소설로 가장 먼저 떠오르는 것은 프랑스의 시므농의 〈남자의 목〉(몽파르나소의 밤)인데, 이 심리탐정소설의 주인공인 라데크 청년은 천재적으로 머리가 좋지만, 사회상의 영달에 실망한 극빈의 유전적 척수병환자다. 매그레 형사는 이 범인을 '20년쯤 전이었다면 그는 무정부주의의 투사가 되어 어딘가의 수도에 폭탄을 던졌을 겁니다.'라고 평했다.

　라데크는 〈죄와 벌〉의 라스콜리니코프의 성격을 좀

더 극단적으로 유형화한 듯한 인물이다. 한 방탕한 부자가 아내를 죽이고 싶어 한다는 심리를 꿰뚫어보고 그 남자를 위해서 살인죄를 범한 뒤 커다란 돈을 뜯어낸다. 게다가 그 죄를 아무런 관계도 없는 한 우둔한 남자에게 뒤집어씌우고도 태연하다. 그리고 이 소설은 형사 매그레와 범인과의 심리투쟁으로 일관하고 있다.

이 범인은 신도 도덕도 부정하고 경멸한다. 신과 도덕이 시간과 장소에 따라서 그 본질을 달리하는 것은, 그것이 곧 하나의 사회적 공리에 지나지 않는 증거라고 생각하고 있다. 예를 들어서 일부일처주의와 다처주의처럼, 나폴레옹의 대량살인과 개인적 살인처럼, 같은 행위가 어떤 시대와 어떤 장소에서는 선이 되고, 어떤 시대와 어떤 장소에서는 악이 된다는 사실을 알고 있다. 그리고 도덕의 금기적 엄숙성을 경멸한다.

그러나 이 범인이 양심을 부정하면서도 양심의 가책을 받는다는 점은 라스콜리니코프와 같다. 거기에 한층 더 모순되는 것은, 이들 범죄자는 니힐리스트이면서도 자존심을 완전히 버리지 못한다는 점이다. (진짜 니힐리스트는 자존심까지도 버릴 것이다.) 그들에게 범죄를 저지르게 한 것은, 무엇보다도 일그러진 자존심이었다고 할 수 있다. 나는 천재다, 초인이다, 라는 자만심, 사회를 우습게 보고 경찰 따위는 문제로 삼지도 않는 초월감이다. 이 자존심이 타락하면 이른바 범죄자의 허영심이 된다. 라스콜리니코프가 범행 후 카페에서 만난 검찰관에게 돈다발을 내보인 것과 같은 그 심리가 라데크에서는 한층 더 과장스럽고 도전적인 것이 되어 있다. 그리고 훨씬 더 유치한 수많은 범죄자가 경찰에 도전장을 내미는 심리가 이것과 연결되어 있다.

그러나 이러한 도전심리에도 표면상의 허영심 외에 또 다른 하나의 심리가 그 이면에 포함되어 있다. 자백충동의 심리가 그것이다. 이 자백충동을 극단적인 형태로 보여준 작품으로는 포의 단편인 〈심술궂은 꼬마 악마10)〉가 있다. 이 단편은 일반적으로 해서는 안 될 일이기에 해보고 싶어지는 기묘하고 불가항력적인 충동에 대해서 이야기하고 있다. 여기에는 악이기에 악을 행하고, 금지된 일이기에 금기를 범하는 이해할 수 없는 인간심리와, 죄를 범한 뒤 자백을 하면 파멸에 이르기에, 바로 그렇기에 자백하고 싶어 견딜 수 없어지는 불가항력

---

10) 당사의 전자책인 세계 판타스틱 고전문학 시리즈에 포함되어 있다.

적인 심리가 함께 포함되어 있다. 현기증이 날 정도의
절벽 위에 서서 무섭기 때문에 뛰어내리고 싶어지는 그
충동이다. 〈심술궂은 꼬마 악마〉의 주인공은 혼잡한 거
리에서 자신의 살인죄를 커다란 목소리로 외치는 일을
도저히 그만둘 수 없었던 것이다.

　일반적인 의미에서의 니힐리스트는 아니지만, 역시
도덕을 경시하는 자 가운데 눈에 띄는 예로는 밴 다인의
작품인 〈비숍 살인사건〉의 딜러드 교수를 들어야 할 것
이다. 학자이기에 도덕 불감증인 경우는 실제 범죄사에
도 그 예가 드물지 않은데, 탐정소설에서는 셜록 홈즈의
커다란 적인 모리어티 박사를 예로 드는 것이 빠르리라.
〈비숍 살인사건〉 속 딜러드 교수의 심리는 이것을 한쪽
의 극단으로까지 끌고 간 것인데, 수학과 물리학과 천문
학의 웅대하고 무한한 세계에서 보자면 지구상의 도덕
따위, 인간의 생명 따위 문제 삼을 가치조차 없다는 심리
적 착각에 바탕을 둔 초월적 성격이다.

　밴 다인은 파일로 밴스로 하여금 그 심리를 이렇게
설명하게 하고 있다. "수학자는 광년이라는 거대한 단위
로 무한한 공간을 측량하려 하고, 또 한편으로는 밀리미
크론의 100만 분의 1이라는 극히 미세한 단위로 전자의

크기를 측정하려 하고 있다. 그들이 보고 있는 비전은 이런 종류의 초월적 조망으로, 그 비전 속에서 지구나 그곳에서 살고 있는 주민의 존재는 거의 잊혀지고 만다. 예를 들어서 어떤 종류의 항성은 우리의 태양계 전체보다 몇 배나 되는 크기를 가지고 있는데, 그 거대한 세계가 수학자에게는 단지 분초 단위의 사소한 일에 지나지 않는 것이다. 섀플리에 의하면 은하의 직경은 30만 광년이다. 그리고 우주의 직경은 그 은하를 1만 배로 하지 않으면 안 된다.

그러나 이러한 것들은 그저 초보적인 문제에 지나지 않는다. 천문관측기에 나타나는 흔하디흔한 일에 지나지 않는다. 고등 수학자의 문제는 그보다 훨씬 더 광대하다. 현대수학의 개념은 종종 사람을 현실 세계에서 유리시켜, 순수 사고의 세계에서만 생활하는 병적 성격을 낳게 하기에 이른다. 예를 들어서 실버슈타인은 5차, 6차원 공간의 가능성을 논해, 어떤 일이 일어나기 전에 그것을 볼 수 있는 능력을 추정했다. ……무한이라는 개념에 몰두하면 인간의 머리가 이상해지는 것도 당연한 일이다."

지구상의 인류가 극히 미세한 존재로 떨어질 때 과학

은 니힐리즘에 접근한다. 그런데 그러한 니힐리즘이 죄악을 낳을 경우에는 우습게도 그 초월적 사상과는 반대가 되는 것이 반드시 섞여든다. 딜러드 교수는 그런 도덕 불감증 환자이기는 했으나 직접적으로는 개인적 명성이라는 지구상의 극히 미세한 것에 집착해서 그 명성을 지키기 위한 수단으로 온갖 살인을 저지르는 것이다. 마더 구스라는 동요대로 죄도 없는 사람들을 차례차례로 살해하는 것이다.

탐정작가 가운데는 원래의 복잡한 수수께끼를 고안하는 것 외에 악인의 묘사에 매우 뛰어난 사람들이 있다. 구로이와 루이코는 악인을 묘사하는 천재라 불렸는데 그의 모든 번안은 원작 이상으로 악인을 섬세하게 묘사했고, 서양의 작가 가운데는 영국의 이든 필포츠의 탐정소설에서 이것이 느껴진다. 그의 〈빨강머리 레드메인 일가〉는 그 전형적인 작품이다. 주인공이 역시 도덕적 불감증자임에는 변함이 없지만 라데크나 딜러드 교수처럼 범죄 당초부터 절반은 포기한 듯한 심리가 작용한 것이 아니라, 어디까지나 견실하고 공리적이며 범죄의 발각을 절대로 피하려 하고 있다. 따라서 그의 트릭은 훨씬 더 복잡하며, 진지하고 적극적인 악의 정열을 수반하고 있다.

〈빨강머리 레드메인 일가〉는 진범이 밝혀지는 것으로 끝이 아니다. 그 뒤에 기다란 고백문이 이어진다. 범인 마이클 펜딘이 옥중에서 쓴 그의 일대기다. 그 가운데 이런 내용이 있다.

「양심을 가진 인간, 후회를 할지도 모를 인간, 일반적 격정으로 살인을 저지르는 인간, 그들은 아무리 교묘하게 범행을 숨기려 해도 결국 성공하지 못하는 것만은 자명한 사실이다. 범죄자의 마음속에 숨어 있는 후회야 말로 발각으로 가는 첫 걸음이다. 세상의 어리석은 자들은 이러한 실패에서 벗어나지 못한다. 그러나 나처럼 성공을 확신해서 실패의 불안에 시달리는 일 없이 어떠한 감정도 개입할 여지없이 정확한 기획과 선견지명으로 일을 행하는 자에게 있어서 범죄는 조금의 위험성도 없는 것이다. 이러한 부류의 사람들은 범행 후 장엄하다고 할 수 있을 정도의 심리적 희열을 맛보는 법인데 그러한 희열 자체가 그들의 보수이자, 또한 그들의 정신을 지탱하는 버팀목이기도 하다.

이 세상의 모든 체험 가운데 살인처럼 경이로운 체험이 또 있을까? 그 어떠한 과학, 철학, 종교의 매력도 이 가장 커다란 죄가 가지고 있는 신비와 위험과 승리감과는 비교할 수도 없는 것이다. 이 심각한 죄 앞에서는 모든 것이 어린아이의 장난과도 같다.」

그러나 그럼에도 불구하고 이 선천적 살인자는 명탐정 건스의 밝은 지혜 앞에 덧없이 패배해버리고 말지만.

이러한 종류의 범죄자들은 신기하게도 반드시 니체의 애독자다. 라데크에 대해서는 그러한 설명이 가해져 있지 않지만, 딜러드 교수와 펜딘의 경우에 대해서 작품은 분명하게 니체를 인용하고 있다. 펜딘의 경우는 거기에 더해 드 퀸시의 〈예술로서의 살인〉의 영향이 느껴진다. 그는 명백하게 그러한 예술가의 정열을 가지고 전 생애를 범죄에 바친 사내다.

그리고 덧붙여 말하자면 라데크에게도 딜러드 교수에게도 펜딘에게도 실험적 살인의 심리라고 부를 만한 것이 내재되어 있다는 사실을 간과할 수 없다. 자신의 능력을 과신하여, 그 범죄 능력을 어디까지 실현할 수 있을지 실험해보고 싶다는 마음이 작용하고 있다. 범죄를 시험관에 넣고 각종 화학반응을 시험해보는 것이다. 예로부터 심리소설이라 불리는 많은 작품들이 인생을 시험관에 넣어왔다. 도스토예프스키도 그랬고, 스탕달도 그랬고, 또 폴 부르제의 〈형제〉에 이르러서는 그 가장 구체적인 전형 가운데 하나라고 할 수 있다. 이 소설 속 주인공은 연애를 글자 그대로 시험관에 넣는데 거기서 하나의 살인 피의사건이 발생한다. 부르제의 이 작품은 도스토예프스키, 스트린드베리 등과 함께 탐정소설가들의 주의를 강하게 끌고 있다. 탐정작가들도 역시 그 범인으로 하여금 그들의 범죄를 실험케 하고, 또 범인을, 범죄를, 살인을 시험관에 투입하려 하고 있기 때문이다.

(《문화인의 과학》 1947년 3월호)

12. 암호기법의 종류

나는 학생시절에 암호기법의 분류라는 것을 작성한 적이 있었는데 그것을 1925년의 《탐정취미》에 실었고 1931년의 수필집 《악인지원》에도 삽입했지만, 거기에 조금 수정을 가해서 여기에도 싣기로 하겠다.

전쟁 덕분에 암호기법이 매우 진보해서 자동계산기계로 복잡한 조합을 만들어내기에 이르렀지만, 이렇게 기계화되어버리면 이전의 암호에 재미를 주었던 기지라는 요소가 완전히 사라져버리기에 소설의 재료로는 적합하지 않다. 현대에서 암호소설이라는 것이 거의 자취를 감춘 이유이기도 하다.

내가 채집한 암호소설은 겨우 37개 예에 지나지 않지만 그것을 나의 분류 항목에 적용시켜보면 (C) '우의법'과 (F) '매개법'에 속하는 것이 가장 많다. 이를 통해서도 소설로서는 기지가 있는 암호가 환영받는다는 사실을 알 수 있다. 아래의 항목 가운데 예가 되는 작품의 숫자를 전혀 표기하지 않은 것은 그 항목에 속하는 소설의 예가 없는 것이다.

(A) 부절법(符節法)

플루타르크의 영웅전에 의하면 고대 그리스 스파르타의 장군들은 Scytale이라고 불리는 같은 굵기의 봉을 가지고 있어서, 그 봉에 가죽을 감아 이음매에 통신문을 적어서 보내면 받은 자 역시 같은 굵기의 봉에 감지 않는 한 그것을 판독할 수 없는 방법을 썼다고 한다. 부절법의 원리다. 나중에 기술할 '창틀법'도 원리는 역시 이것과 같다.

(B) 표형법(表型法, 4개 예)

사물의 형태, 혹은 가는 길 등을 어린아이들의 낙서 같은 도형으로 나타내는 방법. 르블랑의 〈기암성〉, 고가 사부로의 〈호박 파이프11)〉 등에 이것이 쓰였다. 거지나 도둑이 동료에게 지시를 내리기 위해 길가의 돌이나 담에 백묵이나 그 외의 도구로 그들만이 알고 있는 기묘한 은어나 기호를 적어두는 것도 이 암호기법의 원시형이

---

11) 당사의 《혈액형 살인사건》에 수록되어 있다.

다. 이 부류에 속하는 것으로는 범인들 사이에서뿐만 아니라 화류계 등에서도 쓰이는 '손가락 암호'가 있고, 군대의 '수기신호' 등도 표형법에 속한다.

표형법은 또 다른 종류인 '약기법'이기도 하다. 옛날의 학승(學僧)들이 한자를 생략해서 특별한 글자를 만든 것도, 지금의 학생들이 강의필기용 약호를 사용하는 것도 일종의 약기암호라고 할 수 있다. 이런 종류에 속하는 것으로 '숨은그림찾기 암호'라고 부를 만한 것도 있다. 탐정소설 중에서는 M. P. 쉴의 〈S. S〉라는 암호소설, 스웨덴의 탐정작가인 헬러의 장편 〈황제의 헌옷〉 등에 이것이 쓰였다. 실제 스파이가 쓰는 방법으로는, 나비의 사생화처럼 보이나 사실은 그 날개의 무늬가 지도인 경우 등과 같은 종류가 있다.

(C) 우의법(寓意法, 11개 예)

일본 고대의 연가, 고지마 다카노리가 벚나무에 새긴 시, 서양의 수수께끼시 등, 예로부터 우의적 암호가 쓰였는데 이 암호에는 기계적인 부분이 없고 주로 기지에 의해서 작성되고 또 해석되기 때문에 탐정소설에서는 이 암호법을 사용한 예가 가장 많다. 포의 〈황금벌레12)〉

---

12) 당사의 《세계 3대 명탐정 단편걸작선》에 수록되어 있다.

속 암호의 후반이 이것이며, 루이코가 옮긴 〈유령탑〉의 암호주문 등도 가장 적절한 예라고 할 수 있다. 이 외에도 내가 모은 실례를 적어보자면 도일 〈머스그레이브가의 의식〉, 포스트 〈대암호〉, 벤틀리 〈구원의 신〉, M. R. 제임스 〈토머스 사원의 보물〉, 오 헨리 〈캐롤웨이 군의 암호〉, 세이어스 〈학문적 모험 · 용의 모험〉, 앨링엄 〈흰 코끼리 사건〉, 베일리 〈제비꽃 화원〉, 벤틀리 〈순진한 선장〉.

(D) 치환법(置換法, 3개 예)

글자, 말, 혹은 문구를 이상한 방법으로 늘어놓아 사람들의 눈을 속이는 방법으로 다음과 같은 종류가 있다.

(1) 보통치환법(1개 예)

(ㄱ) 역진법(逆進法)

얼굴을 굴얼, 증거를 거증, 가방을 방가 등과 같이 반대로 쓰는 것. 오래 전의 유치한 암호소설에는 통신문을 거꾸로 쓴 것이 있다. 지금 실례는 떠오르지 않는다. 알파벳의 A 대신 B, '가나다'의 '가' 대신 '나'와 같이 하나씩 뒤에 있는 글자와 바꿔 쓰는 방법도 오래 전부터 사용되었는데 이는 나중에 이야기할 대용법에 속한다.

(ㄴ) 횡단법(橫斷法)

같은 간격으로 여러 줄 늘어놓은 문자를 영문인 경우
에는 세로로, 일문인 경우에는 가로로 읽으면 뜻이 통하
는 것. 서양에도 이를 사용한 암호소설이 있었던 것으로
기억하는데 나의 〈흑수단〉의 암호도 일부분 여기에 속
한다.

　(ㄷ) 사단법(斜斷法)

역시 늘어서 있는 문자를 대각선으로 읽는 방법도 있
을 수 있다.

　(2) 혼합치환법

위에서처럼 일정한 순서에 따르는 것이 아니라 글자,
단어, 문장을 미리 약속한 법칙에 따라서 엉망진창으로
보이게 바꾸는 방법이다. 이는 법칙을 정하는 방법에
따라서 얼마든지 복잡하게 만들 수 있다. 단어에 의한
혼합치환법은 아가일 백작이 제임스2세에 대한 모반을
일으켰을 때 사용한 것으로 유명하다.

　(3) 삽입법(2개 예)

필요한 글자, 어구 사이에 필요 없는 글자, 단어, 구절
을 적절히 삽입하여 뜻을 명확하지 않게 하는 방법. 도일
의 〈글로리아 스콧 호〉의 암호는 '단어삽입법'에 해당한
다. The supply of game for London is going steadily

up 가운데서 The game is up만을 읽게 한다. 나머지 단어는 필요 없는 것이다. 이때 삽입어를 포함한 전문에도 다른 의미가 있도록 문장을 만드는 것이 이상적이다. 구절을 삽입하는 경우에도 마찬가지. 도일의 〈그리스어 통역13)〉은 대화 속에 필요한 그리스어를 끼워 넣는 방법이니 '구절삽입법'에 해당하지만 전체적인 의미가 일관된 것은 아니다.

(4) 창틀법

이 방법의 단순한 것은 역시 글자삽입법이라고 할 수 있기에 전체적으로는 조금 다르지만 일단은 여기에 적어놓겠다. 사각형의 두꺼운 종이에 가로세로의 선을 그어 원고지와 같은 칸을 만든다. 그리고 그 칸의 곳곳을 하나씩 무작위로 뚫어 몇 개인가의 창을 만든다. 이를 용지 위에 올리고 그 창 안에 순서대로 한 글자씩 필요한 말을 써넣은 다음 창틀이 되는 두꺼운 종이를 제거하고 글자와 글자 사이의 공백에 임의의 알파벳을 적어 넣어 공백을 없애버린다. 이렇게 해서 보내면 같은 창틀을 가지고 있는 상대방은 그것을 대서 바로 읽고 알 수 있지만 창틀이 없는 사람은 전혀 판단할 수가 없다. 이것이

---

13) 당사의 《세계 3대 명탐정 걸작선 알파》에 수록되어 있다.

단순한 창틀법이다.

이것을 복잡하게 하려면 위에 기술한 것처럼 창 안에 글자를 적어 넣은 뒤 창틀을 45도 오른쪽이나 왼쪽으로 회전시킨다(그때 앞서 적어 넣은 글자가 이번의 창 속에 들어오지 않도록 적절히 창을 뚫어놓을 필요가 있다). 그리고 앞의 말에 이어서 내용을 창 안에 적어 넣는다. 그렇게 45도씩 회전시켜 나가면 4번 다른 곳에 창이 열리기 때문에 4배의 글자를 적어 넣을 수 있다. 그리고 마지막으로 공백을 임의의 글자로 채운다. 받은 쪽도 역시 45도씩 창틀을 회전시켜 순서대로 이것을 읽으면 된다. 그 외에도 원형의 창틀법도 있다. 원반의 경우는 사각형 판처럼 45도 회전이 명확하지는 않지만 역시 회전을 생각해볼 수도 있다.

(E) 대용법(10개 예)

암호서에는 '암호기법을 2종류로 대별하면 트랜스포지션과 서브스티튜션이 있다.'고 적혀 있는데, 트랜스포지션은 내가 말하는 이른바 '치환법'이며, 서브스티튜션은 '대용법'이다. 이 2가지가 암호기법의 대종(大宗)임은 말할 것도 없고 특히 '대용법'은 중요해서 근대 기계암호는 전부 여기에 속한다. 대용법이란 글자, 단어,

구절을 다른 글자, 단어, 구절, 숫자, 혹은 도형으로 대용해서 의미를 불명확하게 하는 것으로 대부분의 경우 통신자 쌍방만이 알고 있는 '키워드'를 사용해서 푼다.

(1) 단순대용법(7개 예)

(ㄱ) 도형대용법(2개 예)

'점대용법'인 전신기호, 점자 등도 이 원리에 의한 것이다. 스파이가 모스 신호를 암호통신에 사용한 예도 종종 있었다. '선대용법'으로는 찰스1세가 오래 전에 발명한, 선만으로 된 유명한 암호가 있으며, '지그재그법'이라 불리는 암호도 여기에 속한다. 알파벳을 1열로 늘어놓고 그 아래에 종이를 대서 필요한 글자의 아래에서부터 아래로 번갯불 모양으로 선을 긋는다. 같은 간격으로 알파벳을 적어놓은 종이를 가지고 있는 상대방이 그것을 대보면 바로 알 수 있는 방법이다. '도형대용법'은 포의 〈황금벌레〉, 도일의 〈춤추는 인형14)〉의 암호가 적절한 예다. '프리메이슨 암호'라고 불리는 것과 같은 작성법도 여기에 속한다. 각각이 알파벳의 1글자를 대신하고 있다.

(ㄴ) 숫자대용법(2개 예)

---

14) 당사의 《세계 3대 명탐정 단편걸작선》에 수록되어 있다.

알파벳의 1글자를 1개의 숫자, 혹은 몇 자리인가의 숫자(A를 1111, B를 1112, C를 1121처럼)로 대신한다. 앤서니 윈의 장편 <2중의 13>은 이 암호를 사용했다. 또한 반대로, 문장으로 숫자를 나타내는 암호도 있다. 어떤 문장 속에서 오래 전 시계의 문자반에 사용된 것과 같은 로마숫자 ⅠⅤⅩ 등을 찾아내 늘어놓으면 금고의 번호가 된다는 것이 프리먼의 단편 <암호 자물쇠>이다.

(ㄷ) 문자대용법(3개 예)

원문의 1글자를 다른 1글자 혹은 몇 개의 문자로 대신한다. 예를 들어서 웹스터의 단편 <기묘한 암호의 비밀>은 알파벳 1글자를 다른 1글자로 대표케 하는 암호를 사용했으며, 리리안 데 라 토르의 단편 <도둑맞은 크리스마스 박스>는 F를 aabab로 나타내는 것과 같은 복수문자대용법을 사용했고, 또 앨프리드 노이스의 <히아신스 숙부>는 Bon voyage로 U-boats를 대리케 하는 '단어대용법'을 사용했다. 한편 일본에서도 장난삼아 한자 읽는 법을 여러 가지로 사용해서 다른 의미를 나타내는 것이 행해지고 있는데, 영어에도 이와 같은 방법이 있다. 재미있기에 함께 적어두기로 하겠다. ghoti라고 쓰면 fish(물고기)를 의미하게 된다. 그 이유는 gh는 enough의 'ㅍ'

이고 o는 women의 'ㅣ'이며, ti는 ignition의 '시'다. 즉, 피시가 되는 것이다.

(2) 복잡대용법(3개 예)

(ㄱ) 평방식암호(1개 예)

우선 알파벳을 첫째 줄은 A부터, 둘째 줄은 B부터, 셋째 줄은 C부터와 같은 식으로 한 글자씩 어긋나게 수십 줄을 써놓아 알파벳 평방을 만든다. 그 문자의 평방 첫째 줄 윗부분에 보통의 알파벳을 가로로 쓰고, 평방의 왼쪽에는 알파벳을 세로로 쓴다. 이 가로세로의 두 알파벳이 암호 제작의 근본이 된다. (이 평방 도식을 암호사에서는 그 발명자인 프랑스의 'Blaise de Vigenére'의 이름을 따서 '비게네르표'라고 부른다.) 한편 암호 기법에는 3가지 요소가 있다. 첫째는 통신해야 할 원문(이를 clear라고 한다), 둘째는 키워드(key), 셋째는 완성된 암호문(cipher)이다. 앞서 이야기한 알파벳 평방도 옆에 이 클리어와 키를 적은 종이를 놓는다. 예를 들어서 클리어는 ATTACKATONCE(즉시 공격하라는 뜻), 키는 CRYPTOGRAPHY(암호라는 뜻)라고 하자. 그런 다음 보내야 할 말의 첫 번째 글자, 즉 A를 평방의 위에 가로로 쓴 알파벳 가운데서 찾는다. 그것은 물론 첫 번째 글자인 A이다. 다음으로 키의 첫 번째 글자인 C를 세로로 쓴 알파벳 가운데서 찾는다. 그것은 세 번째 줄이다. 이 위의 가로로 쓴 A에서 수직선을 그어 C행과 교차하는 곳에 있는 글자가 암호문의 글자가 된다. 이 경우 그것은 제3행의 첫 번째 글자이니 역시 C가 된다. 다음으로는 클리어의 두 번째 글자 T를 위쪽의 알파벳 가운데서 찾고, 이어 키의 두 번째 글자인 R을 세로로 쓴 알파벳 가운데서 찾아 양쪽에서 그은 선이 만나는 곳을 보면 K가 있다. 따라서 암호문의 두 번째 글자는 K가 된다. 이렇게 해서 만든 암호문은 같은 A를 대신하는 것이 언제나 처음처럼 C가 된다고는 할 수 없다. P인 경우도 있고 G인 경우도 있기에 해독이 매우 어려워진다. 그렇기에 영문에 쓰이는 알파벳의 빈도표에 따라 암호문 속의 빈도가 가장 높은 것을 E라고 보는 해독 방법을 이용할 수 없게 된다. 알파벳 평방 대신 숫자 평방을 만들면 암호문은 숫자만의 것이 되기도 한다. 타인에게는 해독 불가능하지만 키워드만 알고 있다면 위의 방법을 반대로 더듬어 가면 되니 해독은 매우 간단하다. 근대의 기계화 암호법도 결국은 이 평방식을 극도로 복잡하게 한 것에 지나지 않는데, 이는 평방이라기보다 이미 입방화 되었다고 보는 게 옳을지도 모르겠다. 예전의 암호를 직선적 암호라고 한다면, 여기에 적은 것은 평방적 암호, 자동계산기에 의한 것은 입체적 암호로까지 발달한 것이라고 할 수 있으리라. 평방식 암호의 극히 단순한 것은 예전에 섹스턴 블레이크의 탐정 이야기에서 읽었다. 이 원형은 꽤나 오래된 것이다.

(ㄴ) 계산자(계산척) 암호법(1개 예)

원리는 평방식과 같으나 그것을 기사 등이 쓰는 슬라이드 룰식으로 만든 것이 이 계산자 암호법이다. 우선 자처럼 긴 2개의 두꺼운 종이(셀룰로이드나 그 외의 무엇이든) 막대기를 만드는데, 하나에는 알파벳을 A에서부터 Z까지 적고, 다른 하나는 A에서부터 Z까지를 2번 되풀이한 2배 길이의 것으로 만든다. 전자를 '인덱스'라 부르고 후자를 '슬라이드'라고 부른다. 이 2개를 늘어놓는데 전자는 고정하고 후자는 좌우로 슬라이드할 수 있도록 한다. 이 경우에도 키워드는 역시 정해져 있는데 그 키워드의 첫 번째 글자를 '슬라이드' 가운데서 찾아 그 글자가 '인덱스'의 첫 번째 글자, 즉 A아래에 오도록 한다.

다음으로 통신문의 첫 번째 글자를 '인덱스' 가운데

서 찾아 그 글자 아래에 있는 '슬라이드'의 글자를 암호문의 글자로 삼는다. 이를 순서대로 되풀이해서 전문을 암호화한다. 받는 쪽도 같은 계산자를 준비해서 위의 반대로 행하면 해독할 수 있게 되는 것이다. 탐정소설에서는 헬렌 매클로이 여사의 장편 〈패닉〉에 이것이 사용되었으며, 이 방법이 자세히 설명되어 있다.

(ㄷ) 원반암호법(1개 예)

계산기에 원반 모양이 있는 것처럼 암호자에도 역시 원반 모양의 것이 있다. 원리는 같아서 2중 원반의 하나를 '인덱스', 하나를 '슬라이드'로 삼아 좌우로 움직이는 대신 둥글게 돌려서 답을 찾으면 된다. 엘사 바커의 단편 〈미카엘의 열쇠〉에 이 원반암호가 사용되었다.

(ㄹ) 자동계산기계에 의한 암호

현재 군사, 외교용으로는 오로지 이것만이 사용되고 있다. 원리는 평방식에서 입체식으로까지 옮겨갔을지도 모른다. 난수표라는 수학적 표까지 사용되고 있다. 그러나 이러한 것은 더 이상 기지나 추리를 목적으로 하는 암호소설의 재료로는 쓰일 수 없다.

(F) 매개법(9개 예)

여러 가지 매개수단을 사용해서 암호를 전달한다. 탐

정소설의 암호로는 이 매개법을 사용한 예가 매우 많다. 기지라는 요소가 풍부하기 때문이다. '타이프라이터'에는 기호와 숫자가 같은 키에 적혀 있으며, 예전에는 기호와 알파벳이 같은 키에 적혀 있는 것도 있었던 모양이다. 따라서 기호로 숫자나 문자를 나타낼 수 있다. 그 매개가 타이프라이터라는 사실을 알면 바로 풀 수 있다. 예전에 읽은 마치몬트의 〈호드레일 씨의 비밀〉이라는 장편은 이것을 중심 흥미로 사용했다. '서적'의 페이지와 행과 몇 번째 글자인지를 나타내는 3개의 숫자를 늘어놓아 보내면 상대방도 같은 책을 가지고 이를 푸는 방법은 소설에서도 종종 사용되고 있다. 성경이나 유명한 소설책 등이 이용되는데 도일의 〈공포의 계곡〉은 연감을 사용했고, 푸는 방법은 조금 다르지만 크로프츠의 〈프렌치 경감 최대의 사건〉은 주식매매표를 사용했으며, 크리스티의 단편 〈4명의 혐의자〉는 꽃가게의 카탈로그를 사용했고, 바우처의 단편 〈QL696C9〉는 도서관의 도서분류표를 사용했고, 또 도일의 단편 〈붉은 원15)〉은 3행광고를 사용했다. '불빛신호'로 의미를 전달하는 것은 역시 도일의 〈붉은 원〉에도 있으며, 어둠 속에서 담뱃불로

---

15) 당사의 《셜록 홈즈의 여인들Ⅱ》에 수록되어 있다.

모스신호를 보내는 것은 퍼시벌 와일드의 〈불의 기둥〉
에 등장한다. 또한 르블랑에게는 '거울'로 햇빛을 반사
시켜 창과 창 사이에서 신호를 보내는 단편이 있었다.
나의 〈2전짜리 동전16)〉도 점자를 매개로 했다는 의미에
서 여기에 들어가리라. 훨씬 더 기발한 예는 고대 그리스
인인 헤로도토스의 역사 속에 삽입되어 있는 이야기로
'인간을 매개'로 한 것이다. 전쟁 중, 밀사를 보내는데
문서를 작성하면 위험하기에 노예의 눈병을 고쳐준다는
핑계로 머리를 깎고 머리의 피부에 문신으로 통신문을
새겨 머리카락이 자라기를 기다렸다가 상대 진영으로
보냈다. 상대 진영에서는 그의 머리를 깎아 통신문을
읽었다고 한다.

그 외에 약품을 발라 불에 쬐면 글자가 나타나는 것,
은현잉크를 사용한 비밀통신, 음악에 의한 대용법, 악보
를 이용한 암호, 새끼줄이나 실의 매듭에 의한 대용암호
법, 암호로서의 새로운 문자 등 여러 가지 방법이 있으나
대체로 위의 예들 중 어딘가에 속하는 것이라 생각한다.

（《보석》 1953년 9·10월호 〈유형별 트릭 집성〉의 일부）

---

16) 당사의 《세계 3대 명탐정 단편걸작선》에 수록되어 있다.

13. 마법과 탐정소설

매직이라는 말과 현저하게 인연이 깊은 학문 및 기술이 3가지 있다. 첫 번째는 민족학의 중심 항목으로서의 주술(매직)인데, 민족학은 고대사 곳곳에 나타나 있으며 또 현존 원시종족에서도 행해지고 있는 주술, 주물숭배(呪物崇拜) 등을 연구하는 학문이라고 해도 좋을 정도로 매직과 깊은 인연을 맺고 있다. 두 번째는 신비학(오컬티즘)의 중심 항목으로서의 매직이다. 이는 정통 과학은 아니지만 오컬티스트들에게는 하나의 학문으로 모든 마법적 현상을 대상으로 삼는다. 세 번째는 기술(奇術, 마술)로서의 매직이다.

민족학의 마법과 신비학의 마법은, 그 연구 태도는 전혀 다르지만 내용은 많은 부분에서 겹친다. 주법(呪法), 주력(呪力), 주부(呪符), 복점(卜占), 주물숭배, 주의(呪醫) 등이 양자에 공통되는 항목이다. 단, 다른 점은 민족학은 이를 객관적으로 관찰·연구하는 순과학인 데 비해서, 신비학은 이들을 연구하는 일종의 유사종교적(나쁘게 말하자면 미신의) 학문이라는 점이다.

또한 민족학은 현재 원시종족을 가장 중요한 연구대상으로 삼으나 신비학은 그러한 것에는 거의 무관심하며, 고대에는 종교나 과학으로 중시되었지만 근대에 이르러서는 종교·과학 가운데서 배제된 비합법적 신앙 내지 학문의(거기에는 그때까지 나름대로 진보도 있었고 발견도 있었다) 집적이다.

현재에 이르러 기술(마술)은 하나의 무대 공연이 되었으나 그 기원은 민족학의 주술이나 신비학의 마법과 다르지 않다. 고대사에 남아 원시종족 사이에서 행해지고 있는 주술, 주의와 같은 것은 어떤 의미에서 보자면 하나의 마술이다. 기독교의 성전에 남아 있는 기적조차도, 어떤 경우에는 일종의 마술이었다는 해석이 행해진다. 기술의 기원을 고대로까지 거슬러 올라가면 멀리로는 원시 주술에서부터 온갖 유사 종교의 현혹, 중세의 위치크래프트나 연금술로 이어졌으며, 일본으로 말하자면 〈서기(書紀)〉에 기록되어 있는 대륙에서 온 주금사(呪禁師), 즉 주사(呪師)가 역시 주의(呪醫)와 곡예기술(曲藝奇術)을 함께 행한 것에서 시작하여, 한편으로는 대륙에서 온 방랑민, 유랑민이나 예전에 유행했던 곡예를 하며 돌아다니던 스님 등이 일본의 기술, 곡예의 선조다.

그러나 현대의 마술은 민족학의 연구대상이나 신비학의 신앙과는 달리 신비성이나 주술성은 조금도 없다. 그러한 부분이 있는 것처럼 보여서 관객의 호기심을 자극하기는 하지만 그 기술이 합리주의에서 벗어나는 경우는 절대로 없다. 같은 곳에서 기원했으면서도 오컬티즘은 초과학만을 다루었으며, 마술은 과학적 수법에만 한정되어 온 셈이다. 이 주법(呪法)과 기술(奇術)의 단절로 인해서 마술은 근대적 합리주의 세계의 것이 되기는 했으나 동시에 예전의 신비적 매력을 잃은 것도 사실이다.

유명한 인도 기술 가운데 공중에 던진 밧줄이 똑바로 서서 소년이 그것을 타고 하늘 높이 올라갔다는 내용이 여행자의 목격담으로 널리 유포되어 있는데, 내가 보아 온 기술서들에서는 일단 이 사실을 전부 언급하고 있기는 하지만 그 트릭이 명확하지 않아서 허구의 전설일 것이라고 말하고 있다. 여기에 오컬티즘과 마술의 경계선이 그어져 있는 것 아닐까 여겨진다. 다른 인도의 기술, 즉 관객의 눈앞에서 망고 씨가 나무가 되고 꽃이 피어 열매가 맺히는 것이나, 몇 십 일이고 땅 속에 묻혀서도 살아 있는 기술 등은 어느 기술서에나 비밀이 밝혀져 있으며 합리적으로도 가능하다.

이와 관련해서 오컬티즘의 서적에는 다음과 같은 극단적이고 신비로운 내용이 적혀 있다. 1898년, 인도의 한 도시에서 오래 된 사원의 탑이 영국인의 손에 의해서 해체되었는데, 그 작업을 하던 중 탑의 지하 성소에 석관 하나가 안치 되어 있는 것이 발견되었다. 영국인 기사가 인도의 승려에게 그것을 열게 했는데 석관 안에는 미라 같은 시체가 누워 있었다. 미라냐고 물었더니 승려는 머리를 흔들고, 이것은 죽은 자가 아니라 단지 깊은 잠에 든 것일 뿐이라고 대답했다. 기사가 "말도 안 된다."고 부정하자, 승려는 "결코 그렇지 않습니다. 우리 인도인은 오랜 기간 매장되어도 결코 죽지 않는 영력을 가지고 있습니다. 당신도 곧 그 사실을 알게 될 겁니다."라고 자신만만하게 대답했다. 며칠 후, 승려들에 의해 사자 각성의 엄숙한 독경이 12시간에 걸쳐서 계속되었다. 그러자 석관 안의 미라가 되살아났으며 일주일 후에는 전혀 다른 사람처럼 건강한 몸이 되었다. 그리고 석관 안에 봉해져 있던 파피루스 문서에 의해서 이 남자는 22세기라는 오랜 기간 동안 그렇게 잠들어 있었다는 사실이 밝혀졌다고 한다. 그로부터 2년 뒤, 그 고대 수면자가 사람들을 모아놓고 한 줄기 기다란 밧줄을 꺼내 그 한쪽 끝을 허공 높이 던지더니 곧 막대기처럼 직립한 그 밧줄을 타고 하늘로 올라가 그대로 모습을 감추어버렸다는 기록이다. 그 외에도 오컬티즘의 대가인 일리 스타의 저서 《실존의 신비》 등에 재미있는 실례가 아주 많지만 지금은 언급할 여유가 없다.

탐정소설은 어떤 의미에서는 마술문학이기에 당연히 이들 3개 분야의 마술과도 관계를 맺고 있다. 탐정소설의 흥미는 미스터리와 합리주의, 양 요소의 조합으로 이루어져 있다. 탐정소설의 범죄사건은 가능한 한 불가사의, 신비, 초자연적으로 시작해서 그것이 결국은 한 점의 빈틈도 없는 합리적 해명으로 끝나는 것이 정석이자 이상형이다. 민족학과 신비학은 이 2가지 요소 가운데 미스터리 부분과, 기술은 합리주의 부분과 각각 밀접한 관계를 맺고 있다.

민족학에 대해서는 잠시 접어두고라도 기술과 탐정소

설의 관계에 대해서는 여러 가지 감상을 가지고 있지만 지면 관계상 그것은 후일로 미루기로 하고, 여기서는 오컬티즘과 탐정소설의 밀접한 관계에 대해서 잠시 이야기해보기로 하겠다.

실제로 서양에서는 오컬티즘이 매우 유행하고 있다. 오컬티즘에도 여러 가지가 있어서 정도가 높은 진지한 것에서부터 대중의 인기를 노린 운명 판단의 종류에 이르기까지, 출판되는 저서의 숫자도 굉장하다. 통속잡지 등에 오래된 우표의 수집목록 등과 함께 오컬티즘의 전수서에 대한 광고가 다수 실려 있다. 서양의 합리주의의 이면에 이와 같은 것이 강하게 뿌리를 내리고 있다는 점은 재미있는 사실이다. 1912년에 알베르 카미에라는 이 방면의 학자가 〈신비학서 목록〉이라는 각권 600페이지의 책 3권을 냈는데 거기에는 1만 2천 권의 신비학서 목록과 해제가 수록되어 있다. 물론 여기에 저급한 책은 포함되어 있지 않다.

신비학에 포함되는 주요 항목을 대충 열거해보자면 점성술을 필두로 하는 모든 복점에 관한 것 외에, 로우매직으로는 위치크래프트, 악마학, 흡혈귀, 사자재현, 흑마술, 모든 주부(呪符), 막대 점(rhabdomancy), 마서, 마술거울 등, 하이매직으로는 연금술, 신비철학, 신비수학, 신비어학, 타로카드 등. 그리고 심령학 전체, 즉 강령술, 기적연구, 심적 자력, 최면술, 주의(신비의술), 텔레파시, 천리안, 이중인격(분신현상), 몽중유행, 빙의 등이 있다.

앞서 이야기한 것처럼 탐정소설의 미스터리적 부분의 소재로써 종종 신비학의 각 내용이 이용되곤 하는데 그러한 오컬티즘 작가로서 가장 유명한 사람은 일본에서는 오구리 무시타로, 서양에서는 딕슨 카일 것이다. 그러나 이 두 사람 사이에는 근본적인 차이가 있다. 무시타로는 오컬티즘에 너무 몰입한 나머지 자칫 합리주의에서 일탈하여 초논리에 빠지는 경우가 많았으나, 카는 단지 신비학을 이용한 데 지나지 않아서 수수께끼의 해결은 어디까지나 평범한 사람의 논리, 형식논리로 행하고 있다. 추리소설로서는 카가 뛰어나며, 천재적이라는 의미에서는 무시타로 쪽이 훨씬 더 천재적이었다고 할 수 있다.

무시타로의 작품이 얼마나 신비적 요소로 넘쳐나고 있는지는 독자 여러분도 잘 알고 계실 테니 여기서는 카의 경우를 두어 가지 예로 제시하겠다.

1934년 작인 〈8개의 검〉에서는 타로카드 가운데 검이 그려진 카드의 8이 살해당한 인물 근처에 떨어져 있어서 그것이 전체 줄거리에 이상한 신비성을 부여한다. 카는 이 작품에서 타로카드에 대해서는 자세히 설명하지 않았지만, 다른 신비학서를 참고로 간단히 해설하자면 거기에는 이집트 타로, 인도 타로, 이탈리아 타로, 마르세유 타로, 집시 타로 등 여러 종류가 있는데 카가 사용한 것은 가장 보편적으로 유포되어 있는 이집트 타로 기원의 에테일라 타로 가운데 작은 타로카드 중 1장으로, 검의 제8에는 8자루의 검이 톱니바퀴 모양으로 그려져 있고 그 중앙에 가로선이 있어서 그것이 수면을 나타낸다. 이 카드의 운명 판단상의 의미는 재산의 공평한 분배, 유증(遺贈), 소녀, 광물 등이다.

　　타로카드는 일반적인 트럼프처럼 카드놀이를 할 수도 있고 운명 판단에도 쓰이는데 원래의 의미는 매우 까다로워서 많은 학자들이 여기에 대한 고증을 발표했다. 한마디로 말하자면 주역의 산목과 비슷한 의미를 가지고 있어서 이데아와 법칙을 상징하며, 전 우주가 이 78장의 카드 속에 압축되어 있다는 것이다. 각 카드에는 기괴한 상징화(예를 들어서 에테일라 대타로의 1장에는 한쪽 다리를 끈으로 묶어 나무에 거꾸로 매달려 있는 사람의 모습이 그려져 있다. 종교재판의 고문을 하는 그림과 비슷하다)와 문자와 숫자가 적혀 있는데 그것들은 신비철학, 신비어학, 신비수학과 관련해서 우주의 진리를 상징하며, 더불어 그 변화를 암시하고 운명을 예언하는 작용을 가지고 있다.

1935년의 작품인 〈플래그 코트 살인사건〉에는 심령술사와 영매가 되는 소년이 주요인물로 등장하는데 심령실험 장면이 전편의 대부분을 차지하고 있다. 또한 이 작품에서는 밀실살인의 장소로 귀신 들린 집이 사용되고 있다. 카의 모든 작품 중에서도 신비학적 색채가 가장 농후한 작품이다.

1937년 작품인 〈공작 살인사건〉에는 신비종교가 범인의 트릭 가운데 하나로 묘사되어 있다. 10개의 커피잔과 공작 깃털 무늬의 테이블보를 사용하는 은밀한 의식이다.

1939년 작품인 〈독자, 속지 마시길〉에는 아프리카 원시종족의 주의(呪醫)의 피를 물려받은 혼혈아로 심령적 독심술의 대가가 주요 인물로 등장한다. 이 인물이 텔레포스라는 심령의 힘으로 원격살인을 행하겠다고 선언하자 그 예언에 따라서 차례차례 기괴한 살인사건이 일어난다는 줄거리인데 이상한 신비적 색채를 띠고 있다. 그러나 해결은 결코 신비하지 않다. 매우 합리적, 물리적 트릭에 의한 것이다. 제목이 나타내고 있는 것처럼 작가는 이를 도전 탐정소설이라고 적었다.

그 외에 〈펀치와 주디 살인사건〉에서는 광점(光點) 응시를 수단으로 하는 자기 최면에 의한 텔레파시가, 〈청동램프의 저주〉에서는 이집트 고분발굴의 저주에 의한 인간 소실의 기적이, 〈3개의 관〉에서는 마술연구가와 흡혈귀 전설과 흑마술이, 〈밤에 걷다〉에서는 가장 기괴한 빙의인 늑대 빙의가, 〈활시위 살인사건〉에서는 고대 갑옷의 팔 보호대의 신비한 비행이, 〈환생〉에서는 사자 재현의 신비가 다루어졌다.

그러나 이는 오로지 카나 무시타로에만 한정된 것이 아니다. 포(황금벌레), 도일(악마의 발 외), 콜린스(월장석) 이후 대다수의 탐정소설이 많든 적든 신비학적 요소를 포함하고 있다. 탐정소설이 미스터리적 흥미를 버릴 수 없는 한, 탐정소설과 오컬티즘은 매우 밀접하고 친밀한 관계에 있는 것이라고 해도 좋으리라.

탐정소설과 신비학의 관계에 대해서 이야기할 때 빠

뜨릴 수 없는 또 하나의 화제가 있다. 그것은 코난 도일과 심령학에 대한 이야기다.

나는 10년여쯤 전에 올리버 로지와 플라마리온과 그외의 유명한 심령학 연구서를 읽은 적이 있었다. 그때 도일의 심령사진에 관한 저서 등도 봤는데 사후 생존이나 다른 세계와의 통신 등은 매우 마음이 끌리는 내용이기는 했으나 그 실험방법, 어둠 속에서 사자의 목소리가 들린다거나, 모습이 나타난다거나, 책상이 공중에 뜬다거나, 사진의 건판에 망령이 나타난다거나 하는 이른바 심령현상들은 아무래도 믿고 싶은 마음이 들지 않았다.

그보다 그 후에 읽은 미국의 대마술사 후디니의 영매 트릭 폭로 이야기가 훨씬 더 재미있게 느껴졌다. (《후디니의 비밀》)

후디니가 한번은 마술의 트릭으로 진짜 영매와 같은 일을 해보이겠다고 말하고 심령학자들 앞에서 그 실험을 행했는데, 코난 도일도 그것을 보고 후디니는 훌륭한 영매라는 논문을 발표한 적이 있었다. (마지막 저서인 《미지의 세계의 일단》에 수록) 결국 나는 도일의 심령신앙을 경멸하고 후디니의 합리주의에 호의를 갖게 되었는데, 최근에 도일의 친구이자 신학박사인 존 라몬드의 저서 《코난 도일의 추억》을 읽고 나서 도일의 진의를 얼마간 알게 된 듯한 느낌이 들어 그 전까지처럼은 그의 기괴한 신앙을 비웃지 않게 되었다.

도일의 심령연구는 결코 유한(有閑) 노인의 호기심 어린 놀이가 아니었다. 그의 타계(他界)의 존재에 대한 신앙도 만년에 갑자기 그런 생각이 든 것이 아니라 30년 전부터 이 문제에 의문을 품고 충분히 회의적인 태도로, 탐정소설을 집필하는 한편 은밀하게 다양한 문헌을 섭렵하며 연구를 계속해왔던 것이다. 그리고 만년에 이르러 드디어 회의에서 벗어나 타계의 존재에 대한 확신을 얻었으며, 일단 확신을 얻은 이후부터 그는 매우 커다란 열정으로 이 새로운 사상의 유포에 노력한 것이다. 그는 이른바 신흥 종교, 신흥 철학의 사도이자 그 운동의 지도자였다.

이 신념을 전파하기 위해서 12권의 저서와 신문·잡지에 무수한 기고문을 썼으며, 유럽은 물론 미 대륙과 아프리카까지 강연을 가서 열변을 토했고, 라디오 방송을 했고, 연설을 레코드에 담았으며, 심지어는 성경 판매소에서 힌트를 얻어 심령학 서적 판매소까지 경영, 스스로 거기서 일하며 나이 든 몸으로 셔츠 한 장만 입고 발송작업까지 도왔다. 그리고 그의 최후도 그 운동의 투사로서의 과로에서 온 병사였다.

거기서 나는 나이 들어 판단력이 흐려진 도일이 아니라 인류 구제라는 사명에 분투한 한 명의 열혈한을 본 것이다.

《《신청년》 1946년 10월호)

[추기] 마법과 관계가 깊은 탐정소설가로는 카 외에 '밀실 트릭' 항목에서 이야기한 클레이튼 로슨도 있다. 그의 주인공 탐정은 대마술사인 멀리니다. 그리고 빠뜨려서는 안 될 오래 전의 마술작가가 한 명 더 있다. 그는 역시 미국의 겔렛 버지스(Gellet Burgess)로 그의 단편집 The Master of Mystery의 주인공인 아스트로(Astro) 탐정은 오컬티즘의 대가다. 손금, 점성술이 직업으로 묘한 동양 복장을 입고 있으며 수정채 응시의 명인이다. 그리고 점으로 범인을 찾아낸다고 하며, 사실은 매우 합리적인 기지와 추리로 범죄를 폭로한다.

버지스의 단편집은 1912년에 익명으로 출판되었는데 마술사 버지스는 암호시(暗號詩)로 자신의 이름을 목차 속에 틀림없이 숨겨 놓았다. 이 책에 수록된 단편 24편의 제목을 순서대로 열거하면 THE AUTHOR IS GELETT BURGESS가 된다. 또한 제목의 마지막 글자를 순서대로 열거하면 FALSE TO LIFE AND RALES

TO ART가 된다. 마술사 퀸에게도 조상이 있었던 셈이다.

(1947. 4. 20)

14. 메이지의 지문 소설

EQMM 작년 9월호의 Queen's Quorum(포 이후 현재에 이르기까지의 대표적 단편소설을 연대순으로 골라 해설을 덧붙인 것)에 지문을 다룬 탐정소설 가운데 가장 이른 시기에 발표된 것이 소개되었다.

Herbert Cadett: The Adventures of a Journalist(London, 1990)이다.

퀸의 해설문에 의하면 「이 책의 주인공 탐정 Beverley Gretton에 대해서는 어떠한 탐정소설사, 탐정소설론의 각주에서조차 단 한 번도 언급한 적이 없지만, (중략) 이 책의 서두에 실린 단편 The Clue of the Finger-Prints는 지문에 의한 범인 개인 감별을 묘사한 작품 가운데 가장 빠른 것이다. 일반적으로 지문 소설이라고 하면 프리먼의 〈붉은 엄지손가락의 지문〉이 최초의 것이라고 알려져 있으나, 카뎃의 이 작품은 그것보다 7년 앞서 있다. 하지만 이 외에도 탐정소설 애호가들이 놓친 더 이른 시기의 작품이 있다. 그것은 마크 트웨인의 Life on the Mississippi(1883)의 제31장 1화와 장편 The Tragedy of Pudd'nhead Wilson(1894), 2작품으로 전부 지문으로 범인을 발견하는 이야기다.」

그렇다면 세계 최초의 지문 탐정소설은 마크 트웨인의 작품이 되는 셈이다. 그런데 〈미시시피 강에서의 생활〉보다는 늦지만 〈바보 윌슨〉보다는 일찍, 일본에서 지문 탐정소설이 출판되었다. 엄밀한 의미에서의 지문이 아니라 손바닥 전체의 융선(隆線)에 의한 감정이지만, 점쟁이가 보는 손금만이 아니라 다섯 손가락의 지문을 비롯해서 손바닥 전체의 융선 모양에 의한 범인 감별이 중심 주제를 이루고 있다.

그 작품은 귀화 영국인 강담사 겸 만담가인 가이라쿠테이 블랙의 구연(口演)을 속기로 필기한 〈환등〉인데 이는 마크 트웨인의 두 번째 작품이 나온 1894년보다 2년 앞서서 단행본으로 출판되었다. 일본에서 지문법이 실시된 것이 1909년이니 그보다 17년이나 앞서 지문과 손바닥의 무늬에 의한 개인 감별 탐정소설이 출판된 것은 보기 드문 일이라 하지 않을 수 없다.

그 〈환등〉의 내용을 설명하기에 앞서 범죄자의 개인 감별에 지문법이 실시되기까지의 역사를 살펴보겠다. 여기에는 여러 가지 참고서가 있으리라 여겨지지만 나는 《범죄과학전집》의 제12권에 후루하타 박사가 집필한 〈지문학〉과 《엔사이클로피디 아메리카나》의 '지문' 항목에 따라서 (브리태니커 최신판의 지문 항목은 자세하지 않다) 간단히 연대기를 작성해보았다. 한편 이 글은 지문법 실시 연도와 지문 소설 출판 연도를 대상으로 하고 있기에 내가 알고 있는 지문 탐정소설을 이른 시기의 작품부터 이 연대기 속에 삽입했다. ○표가 그것이다.

★ 1686년. 이탈리아 볼로냐 대학의 교수인 말피기(Marcello Marpighi)가 해부학상의 지문에 대한 연구를 발표했다.

★ 1823년. 독일 브로츠와프 대학의 교수인 푸르키녜(J. E. Purkinje)가 역시 해부학의 입장에서 지문의 분류를 발표했다.

★ 1880년. 영국인 폴즈(Henry Faulds) 박사가 일본 도쿄의 쓰키지 병원 재직 중에 개인 감별에 지문을 이용해야 한다고 주장한 연구논문을 영국의 잡지 네이처의 같은 해 10월 28일 호에 발표했다. 개인 감별에 이용하

자고 논한 것은 이 사람이 최초.

★ 1880년. 영국인 허셜(Wiliam James Herschel)이 인도 벵골의 한 지방 민정관으로 있을 때 지문을 문서위조방지, 죄수 개인 감별 등에 이용했고, 그 경험을 바탕으로 역시 네이처의 같은 해 11월 22일 호에 연구 논문을 발표했다. 1개월 차이로 박사보다 한발 늦은 것이다.

★ 그로부터 얼마 지나지 않아서 영국의 유전학자인 골턴(Sir Francis Galton, 다윈의 사촌동생)이 지문은 사람마다 다르며 평생 변하지 않는다는 사실을 학문적으로 논증하고, 그 분류법을 발표했다.

○ 1883년. 마크 트웨인《미시시피 강에서의 생활》출판.

○ 1892년. 영국인 블랙 구연의《환등》출판.

○ 1894년. 마크 트웨인《바보 윌슨》출판.

○ 1900년. 카뎃《신문기자의 모험》출판.

★ 앞서 이야기한 골턴의 연구에 자극을 받아 영국에서는 범죄자의 개인 감별에 지문을 이용하기 위한 위원회가 구성되었으며, 인도 경찰장관에서 런던 경찰청장으로 전임한 헨리(Sir Edward Ribhard Henry)가 그 주요한 위원이 되었다.

★ 1901년. 앞서 기술한 영국의 위원회에서 헨리 경이 고안한 '헨리식 지문 분별법'을 채용, 이 해에 잉글랜드와 웨일즈에서 실시하게 되었다. 현재는 세계 과반수의 국가가 이 방식을 채용하고 있다.

★ 1903년. 미국에서는 1882년 톰슨(Gilbert Thompson)이 뉴멕시코에서 공문서 위조를 방지하기 위해 지문을 이용한 것이 최초라 여겨지고 있으나, 사법관계에서는 1903년에 싱싱 형무소에서 죄수의 지문대장을 만든 것이 가장 빠르며, 그로부터 몇 년 사이에 전 미국에서 헨리식 분류법을 실시하게 되었고 지금은 FBI의 대장에 육해공군의 것을 포함해서 6천 500만 명의 지문이 보관되어 있어 그 규모는 세계 최고다.

★ 앞서 이야기한 영국의 헨리 분류법보다 조금 늦게 독일에서 함부르크 경찰장관인 로셔(Roscher) 박사가 로셔식(혹은 함부르크식) 분류를 완성하여 독일계 각국이 이를 채용했다.

★ 한편 아르헨티나의 지문학자인 Juan Vucetich(나는 어떻게 읽는지 모르겠다)[17]가 다시 독자적인 분류법을 만들어내 실제로 스페인계 각국에서 채용하고 있다.

---

17) 후안 부체티크.

○ 1905년. 도일《홈즈의 귀환》출판. (그 의미는 나중에 기술하겠다)

○ 1907년. 프리먼《붉은 엄지손가락의 지문》출판.

★ 1908년. 일본 사법성에 범죄인 이동(異同) 식별법 조사위원회를 설치, 같은 해 7월 24일에 독일의 로셔 분류법을 채용하기로 결정, 이듬해인 1909년부터 실시되었다.

★ 1912년. 처음으로 경찰청에 지문과가 설치되었다.

위의 표 가운데 우선 1905년에 출판된《홈즈의 귀환》중 2작품에 대해서 생각해보기로 하겠다. 그 하나는 〈노우드의 건축업자[18]〉로, 여기에는 가짜 지문을 벽에 찍어 죄가 없는 사람에게 누명을 씌우려 하는 내용이 묘사되어 있는데 그 방법은 어떤 인물의 엄지손가락 지문이 봉랍(封蠟)에 남아 있는 것을 이용해서 그 봉랍에 다른 밀랍을 대고 눌러 모형을 뜬 뒤, 거기에 피를 발라 벽에 찍는다는 매우 단순한 것이다. 또한 이 작품에는 오늘날 일반화되어 있는 핑거프린트가 아니라 thumb-mark라는 단어가 쓰였다.

또 하나의 작품은 〈애비 장원[19]〉으로 범죄 현장에

---

18) 당사의《세계 3대 명탐정 걸작선 베타》에 수록되어 있다.

3개의 컵이 남아 있어서 범죄 당시 3사람이 거기서 술을 마신 것처럼 보이나, 사실은 2사람밖에 없었다는 사실을 홈즈가 추리한다. 그런데 이 추리에는 컵이라는 절호의 도구가 있음에도 불구하고 지문은 완전히 무시되어, 홈즈가 지문감식에 대해서는 아무것도 모르는 것처럼 묘사되어 있다.

나는 위의 2작품이 잡지에 발표된 해를 알지는 못하지만, 어쨌든 1905년에 출판된 책에는 아직 지문에 대한 지식이 충분히 이용되지 못한 셈이 된다. 그로부터 2년 뒤에 나온 프리먼의 〈붉은 엄지손가락의 지문〉에는 과연 과학적으로 지문의 위조가 묘사되어 있는데 이 무렵에 들어서 스코틀랜드야드의 지문과가 마침내 내실을 다져 그 효용이 일반에게도 인정을 받았기 때문이 아닐까 여겨진다.

퀸이 소개한 카뎃의 작품은 읽을 방법이 없지만 The Clue of the Finger-Prints라는 분명한 제목이 붙어 있는 것만으로도 중히 여겨야 한다고 생각한다. 그것보다 더 오래 전에 발표된 마크 트웨인의 〈바보 윌슨〉은, 일본어 번역에는 지문이라는 말이 사용되고 있으나 나는 원

---

19) 당사의 《셜록 홈즈의 여인들 I 》에 수록되어 있다.

서를 가지고 있지 않기 때문에 역자인 사사키 구니 씨에게 문의를 했더니 씨도 원서를 잃어버렸다며 일부러 고베의 트웨인 애호가인 니시카와 다마노스케 옹(87세)에게 편지를 보내주었고, 니시카와 옹으로부터 상세한 답장을 받았다. 그에 의하면 〈바보 윌슨〉에는 Finger-Prints라는 단어가 사용되었다고 한다.

〈바보 윌슨〉은 동네 사람들의 지문을 하나하나 유리판에 수집하며 즐기는 윌슨이라는 특이한 인물을 그린 작품인데, 그 무렵 세상에서는 지문에 개인 감별력이 있다는 사실을 전혀 몰랐기에 유별난 것을 좋아하는 특이한 사람이라고 놀림의 대상이 되었으나 그것이 뜻밖에도 어떤 범죄사건의 범인을 확정하는 단서가 된다는 이야기로, 지문 감식은 거의 생각할 수도 없었던 시대의 창의적 착상이다. 게다가 탐정소설의 형식을 분명하게 갖추고 있으니 탐정소설사는 마크 트웨인의 이 작품을 잊어서는 안 된다고 생각한다.

한편 도쿄에서 출판된 〈환등〉은 이 〈바보 윌슨〉보다 2년 먼저 출판되었는데 그와 함께 지문학 자체도 일본에 재주하고 있던 영국인에 의해서 처음으로 주장되었다는 사실은 흥미로운 인연이다. 앞의 표에 나타난 것처럼 지문을 개인 감별에 사용하자고 세상에서 가장 먼저 주창한 것은 당시 도쿄의 쓰키지 병원에 재직하고 있던 영국인 폴즈 박사였는데, 후루하타 박사는 앞서 언급한 〈지문학〉 속에서 그 사람을 다음과 같이 기록했다.

「현재 사용하고 있는 지문법을 일본에서 발견하기에 이른 사정을 설명해보자면, 1878년 무렵 도쿄의 쓰키지 병원에 와 있던 영국인 의사 헨리 폴즈라는 사람이, 그 무렵 발굴된 일본 석기시대의 토기에 지문 흔적이 남아 있다는 사실을 관찰했으며, 한편으로 일본에서는 옛날부터 손도장, 지장, 수인(手印) 등처럼 손과 손가락의 인장을 증문(證文)에 찍었다는 사실에 커다란 흥미를 느껴 여러 가지로 연구한 결과 그것을 개인 식별에 응용하자고 생각하여 영국의 과학잡지인 《네이처》에 투고한 것이다. 그리고 그것이 잡지에 실린 것은 1880년 10월 28일이었다.」

(위의 글을 읽으면 폴즈는 1878년 무렵 일본에 잠깐 왔었던 것처럼도 받아들여지나, 헤이본샤 백과사전 '지문' 항목의 니시나 씨의 기술에 의하면 그는 1874년부터 1886년까지 일본에 머물렀다고 한다.)

한편 문제의 가이라쿠테이 블랙의 〈환등〉에 대해서

이야기해보겠는데 우선은 그 줄거리를 극히 간단하게 적어보겠다. 런던의 이와데 은행(루이코처럼 영국 이름을 일본식 이름으로 바꾸어 번역한 것)이라는, 개인이 경영하는 은행의 사장이 우연히 길에서 만난 거지 소년의 정직한 행동에 감탄해서 이 소년을 거두어 학교에 보내고 나중에는 자기 은행의 사원으로 삼는다. 이 청년 사원은 머리도 좋고 풍채도 좋을 뿐만 아니라 성실해서 전도를 촉망받는다.

이와데 은행 사장에게는 결혼 적령기의 딸이 있는데 이 청년사원에게 호의를 보이고 있으며 청년도 할 수만 있다면 결혼하고 싶다고 생각한다. 이와데 사장도 이를 눈치 챘으나 거지 출신 남자에게 딸을 줄 마음은 들지 않았기에 청년을 야단친다. 그래도 청년이 포기하는 모습을 보이지 않자 결국에는 그를 해고해버린다. 그로부터 며칠 지나서 이와데 사장이 은행의 사장실에서 누군가에게 살해당한다. 당연히 해고당한 청년에게 혐의가 걸려 리버풀 항에서 배에 오르려던 순간 체포되어 수감된다.

이에 이와데 사장의 동생인 변호사가 나타나 범죄의 진상을 조사하게 된다. 그 사람이 아마추어 명탐정이다.

범죄현장의 테이블 위에 있던 하얀 종이에 범인의 피 묻은 손자국이 뚜렷하게 남아 있다. 이것이 유일한 증거 이나 지문감식이 아직 알려지지 않은 시대이기에 경찰 에서도 특별히 이것을 살펴보려고는 하지 않는다. 그러 나 피해자의 동생인 변호사는 지문이 개인 감별의 재료 가 된다는 사실을 알고 있었다. 원문의 그 부분을 인용해 보겠다. 문장부호만을 삽입하고 원문에는 조금도 손을 대지 않았다[20].

「경찰의 형사가 피 묻은 손자국이 찍힌 종이를 보여주 자 "당신은 이것이 증거가 되지는 않을 거라 말씀하셨지 만 제 생각으로는 중요한 증거 중의 중요한 증거입니다. 이것이 있으면 범죄자를 알 수 있습니다. 전 4, 5년 전에 세계일주를 한 적이 있는데 중국, 일본이라는 나라에 잠시 머물렀습니다. 이 두 나라에서는 영국과 달리 증문 을 인증할 때 반드시 도장이라는 것을 사용하게 되어 있는데 회양목이나 금은 등에 자신의 이름을 새기고 거 기에 인주를 묻혀 이름 아래에 찍습니다만, 경우에 따라 서는 도장을 쓰지 않고 그저 엄지손가락에 먹을 묻혀

---

20) 에도가와 란포는 원문에 손을 대지 않았으나, 우리말로 번역
하는 과정에서는 어쩔 수 없이 약간의 손을 댔다.

이름 아래에 찍습니다. 즉, 지장, 손도장이라고 말합니다. 평소에는 실인을 쓰지만 매우 까다로운 일, 즉 조사를 받아 증거로라도 쓰일 만한 것에 이르러서는 반드시 지장을 찍는데, 중국에서는 군인이 될 때 손 전체에 먹을 바르고 병사가 되었다는 서류 아래에 손을 찍어 만약 병사가 도망쳤을 때는 그 손도장을 가지고 사람을 찾습니다만, 어째서 이런 신기한 행동을 하는 건지, 날인은 누가 찍었는지 전혀 증거가 되지 않을 텐데, 서류 아래에 병사에게 손도장을 찍게 하면 어째서 그것이 당사자가 도망쳤을 때 소재를 파악하는 데 도움이 되는 건지, 그 이유를 하나씩 살펴보니 매우 오래 전부터 전해온 풍습으로 사람은 손금, 피부의 모양(이것이 융선에 해당한다)이 각자 다릅니다. 백 명이 모여도, 천 명을 불러 손을 비교해보아도 똑같은 모양은 없습니다. 그렇기에 무슨 수를 써도 위조가 불가능한, 속일 수 없는, 실인을 쓰는 것보다 더욱 확실한 방법으로 지장을 찍습니다. 그런데 피로 찍은 이 손도장, 손금, 피부의 모양이 참으로 선명하게 나타나 있습니다. 만약 이것을 증거로 삼아 범인을 찾는다면 신속하게 해결할 수 있으리라 저는 생각합니다."라고 말했다.」

그리고 그는 경찰을 설득해서 이와데 은행 사장의 가족과 고용인 모두의 손도장을 종이에 찍게 한 뒤, 그것과 피의 손도장을 비교한다. 비교에는 육안보다 환등으로 확대해서 비춰보는 것이 좋다며 2대의 환등기계를 준비해놓고 경찰과 관계자 일동이 입회한 가운데 실험에 들어간다. 거기에 사용된 것은 실제의 환등기계였는데, 일본에는 아직 그러한 기계가 드문 때였기에 블랙은 여기에 대해서도 기다란 설명을 덧붙인다.

「그런데 이 환등기계에도 여러 가지 종류가 있습니다. 유리판에 쓴 것을 상자에 넣어 하얀 종이나 벽에 비치는 건 세상에 아주 많습니다. 학교에서 학생들이 흔히 쓰는 것도 있습니다만, 그와 같은 환등은 그저 장난감에 지나지 않아서 학문을 위해서는 특별히 도움이 되지 않지만, 그것보다 훨씬 뛰어난 현미경, 어떤 작은 물건이라도 그 기계에 넣어 비추면 그보다 몇 배의 크기가 되어 실로 현미경으로 살펴보는 것보다 모든 것을 분명하게 알 수 있습니다. 이처럼 학자들이 사용하는 고가의 환등도 있고 또 투명하지 않은 물건, 즉 인화지의 사진이나 엽서 같은 종이에 쓴 것, 그 외에 상자 안에 들어가는 물건이라면 무엇이든 선명하게 보여주는 기계도 있습니다. 이번에 이와데 다케지로(변호사의 이름)가 가져온 것이 바로 이런 종류의 기계입니다.」

그런 실험의 결과 은행의 심부름꾼이 범인이라는 사실이 밝혀져 청년사원과 딸은 다행히도 결혼을 한다는 이야기다. 펼친 면 2페이지에 걸친 삽화에 실물 환등을 사용하는 장면이 그려져 있는데 커다란 손모양이 하얀 천에 비춰져 있고 그 다섯 손가락 끝에는 고리 모양의 무늬와 말발굽 모양의 무늬 등이 선명하게 나타나 있다. 또 이 책의 표지는 당시 유행했던 서양풍 착색 석판인쇄로, 테이블 위에 실물 환등기가 놓여 있고 그 옆에 엉덩이 부분을 커다랗게 부풀린 코르셋을 입은 양장의 아가씨가 한 손에 손모양이 피로 찍힌 종이를 들고 서 있는 모습이 아름답게 그려져 있다.

이 〈환등〉이 블랙의 창작인지 혹은 영국의 당시 소설에서 줄거리를 따온 것인지 지금은 전혀 알 길이 없지만, 뒤에 이야기한 것처럼 블랙의 이야기에는 루이코도 번역한 영국의 유행작가 Mary Elizabeth Braddon 여사의 작품 등도 있으니 이것 역시 영국의 소설에 의한 것이 아닐까 여겨진다. 그 원작이 무엇인지, 탐정소설사에도 남아 있지 않은 무명작가의 작품을 찾아낸다는 것은,

일본에서는 도저히 불가능한 일이다.

〈환등〉의 작가에 대해서는 마사오카 이루루 군이 《보석》의 1947년 1월호에 〈영국인 만담가 블랙의 탐정소설〉이라는 제목의 수필을 실어 「메이지 시대에 서양의 애환이 담긴 이야기로 대엔초, 초대 엔시와 어깨를 나란히 했던 존재 가운데 영국인 만담가 가이라쿠테이 블랙이 있었다. (중략) 블랙은 1800년대 중반에 저널리스트인 그의 아버지를 따라 일본으로 건너와 아버지와 함께 《일신진사지(日新眞事誌)》라는 신문사업에 몸을 바쳤으나 메이지 원년(1868년), 자유민권의 연설이 유행한 것에 자극을 받아 우선 연설을 위해 강담석(講談席)에 나섰고 뒤이어 3개 유파 가운데 한 유파의 중진이 되었으며 1923년 관동대진재 전후에 세상을 떠났다. 이방인으로서 우리나라의 대중문화사에 커다란 발자취를 남긴 사람은 기술(奇術)의 리사이, 음곡의 존페르와 함께 이 가이라쿠테이 블랙일 것이다.」라고 소개했다. 같은 수필에서 마사오카 군은 블랙의 강담속기록 《이와데 은행 피 묻은 손자국》,《강의 새벽》,《자동차 속의 독침》,《고아》,《풀잎의 이슬》 5권을 가지고 있다고 하고, 그 외에 《환등》이라는 것도 1권 있었는데 피난 때 잃어버렸다고

말했다. 그런데 마사오카 군은 깨닫지 못한 듯한데 이
《환등》과《이와데 은행 피 묻은 손자국》은 같은 내용이
다. 그 서지를 적어보면,

★ 1892년 6월, 강담만담 잡지《아즈마니시키》제3호
에〈이와데 은행 피 묻은 손자국〉이 영국인 블랙 강연,
이시하라 메이린 속기로 전문이 게재.

★ 1892년 12월 8일,《환등》으로 제목을 바꾸어 이마
무라 지로의 속기로 교바시 모토자이모쿠초의 산유샤에
서 발행.

★ 1892년, 아사쿠사 고분칸에서 역시 이마무라 지로
속기 명의로 다시《이와데 은행 피 묻은 손자국》이라는
제목으로 되돌려 재판.

이런 순서가 된다. 한편 무라카미 문고의《메이지 문
학 도서목록》에 따라서 블랙의 저술을 자세히 적어보면
다음과 같다.

★ 1886년 12월,《풀잎의 이슬》(브래든 여사 원저),
사륙판, 234쪽.

★ 1891년 9월, 탐정소설《장미 아가씨》(원저 불명),
사륙판, 292쪽.

★ 1891년 10월,《강의 새벽》, 사륙판, 261쪽.

★ 1891년 10월,《자동차 속의 독침》, 사륙판, 186쪽.

★ 1892년, 탐정소설 《환등》, 사륙판, 97쪽.

★ 1896년 7월, 영국소설 《고아》, 국판, 174쪽.

여기에 앞서 이야기한 1892년의 《이와데 은행 피 묻은 손자국》을 더해 7권이 된다. 이 외에도 출판되었으리라 여겨지지만, 나의 자료로는 알 수가 없다. 나는 위의 책 가운데 《풀잎의 이슬》과 《환등》과 《자동차 속의 독침》 3권을 가지고 있다.

(《보석》 1950년 12월호)

15. 원시 법의학서와 탐정소설

지금과 같은 탐정소설은 1800년대 중후반에 서양에서 들어왔는데 그 이전까지 일본에 탐정소설과 유사한 이야기가 없었던 것은 아니다. 오오카 정담(政談) 등의 재판 이야기가 그것이다.

인쇄, 출판된 이러한 종류의 책 가운데 가장 오래된 것은 중국 송나라 시대의 《당음비사》를 번역하여 히라가나로 쓴 《당음비사 이야기》(1649)다. 《당음비사》 원본 그대로의 복각은 조금 더 이른 시기부터 행해졌다. 다음으로는 의유(醫儒)인 쓰지하라 겐포가 저술한 《지혜감》(1660)이 오래 됐다. 이 책은 내용의 대부분을 명나라의 《지낭》에서 가져온 것으로 정치, 군사, 그 외의 세사백반(世事百般)에 관한 지모술책 이야기를 모아놓은 것인데 그 가운데 제3권인 《찰지(察智)》가 재판 이야기다.

그 뒤를 이어 나온 것이 사이카쿠의《본조 앵음비사》(1689)로 이는 제목을 당음비사에서 따왔지만 내용까지 그 책에서 따온 것은 아니다. 그 외에《일본 도음비사(日本 桃陰比事)》,《겸창비사(鎌倉比事)》, 바킨의《아오토 후지쓰나 모료안(靑砥藤綱模稜案)》등 여러 가지가 있으나 아주 오래된 것은 사이카쿠까지의 3권이다.

중국에는 앞서 이야기한 것 외에도《포공안(包公案)》,《적공안(狄公案)》,《시공안(施公案)》,《팽공안(彭公案)》,《용도공안(龍圖公案)》등의 '공안물'이라 불리는 여러 재판 이야기가 있으나 이들 공안물이 책으로 나온 시대가 오래 되지 않았기에 바킨의《모료안》에 얼마간 영향을 준 정도에 지나지 않는다. 일본의 재판 이야기는 대부분이 전부 송나라《당음비사》의 모방에서 출발한 것이라 해도 좋을 것이다.

그렇다고 해서《당음비사》가 이런 종류의 책 가운데 가장 오래 된 것은 아니며, 그보다 더 오래 된 것이 있다. 《당음비사》의 저자인 사명계(四明桂)는 그 서문에서《세원록(洗冤錄)》,《석옥귀감(晰獄龜鑑)》2권을 들고 이들을 바탕으로 쓴 것이라고 했다. 이 2권은 같은 송나라 시대에 쓰여진 것이기는 하나 《당음비사》보다 오래되었다.

그런데 《세원록》은 오락물이 아니라 법의학서다. 도상사(刀傷死), 구타사(毆打死), 수사(水死), 소사(燒死), 액사(縊死), 독사(毒死), 간사(姦死, 계간사<鷄姦死>도 포함) 등 온갖 사체검증의 전문적 지식이 계통적으로 기술되어 있고 거기에 실례가 섞여 있는 체재다. 세월이 흘러 뼈만 남은 사체에 대해서도 실로 상세한 연구가 행해졌다. 그 먼 옛날에 이 정도로 자세한 법의학서를 잘도 썼다고 놀랄 뿐이다.

《당음비사》는 그렇게 딱딱한 내용이 아니라 말하자면 재판 일화집으로 비슷한 2개의 사건을 1쌍으로 묶어 72쌍의 이야기를 3권에 수록했다. '비사(比事)'란, 그런 식으로 2개의 사건을 대조시킨 데서 온 명칭이다. 지금의 눈으로 보자면 명판관의 기지가 담긴 이야기를 모은 장편소설집이라는 느낌이지만, 쓰인 당시에는 오락물이라기보다 재판관의 참고서라는 의미가 더 강했다. 저자도 그럴 생각으로 쓴 것이며 재판·검찰의 임무에 있는 사람들도 그것을 알맞은 참고서로 애독했던 듯하다.

이 《당음비사》의 판본이 일본에 수입되어 널리 읽히

기 시작한 것이 언제쯤인지 나로서는 정확히 알 수 없지만, 전래 당시에는 일본에서도 이를 틀림없이 재판의 참고서로 읽었을 것이라 추측된다. 1649년에 히라가나로 나온 일본의 책도 당초에는 역시 참고서적인 의미로 읽히는 경우가 많지 않았을까 여겨진다.

《당음비사》에 실린 72쌍의 사건은, 지금 읽기에는 그다지 재미있지 않은 내용이 대부분이지만, 개중에는 의외다 싶을 정도로 재미있는 내용도 없지는 않다. 단순히 기지에 관한 이야기로는 예의 친모 재판 등 여러 가지가 있으나, 원시 법의학으로는 〈장거저회(張擧豬灰)〉와 〈부령편사(傅令鞭絲)〉 2가지가 가장 흥미로웠다.

전자는 남편을 죽이고 남편의 죽음을 과실에 의한 사고로 위장하기 위해서 집에 불을 지른 아내를 재판하는 이야기인데, 재판관이 돼지 2마리를 법정으로 끌어오게 해서 1마리는 죽인 뒤, 1마리는 산 채로 불에 던져 넣어 태워 나중에 돼지 시체의 입 속을 살펴보게 하니 죽인 다음 태운 돼지의 입 속에는 재가 없었으나, 산 채로 태운 돼지는 불 속에서 숨을 쉬었기에 입 안에 재가 있었다. 이런 증거를 보인 다음 불에 타 죽은 것이라는 남편 시체의 입 속을 살펴보니 재가 조금도 없었기에 아내의 거짓이 판명되었다는 이야기다.

후자는 설탕을 파는 집의 노파와 못을 만들어 파는 집의 노파가, 한 뭉치의 실을 각자 자신의 것이라며 소송을 제기한다. 별다른 증거가 없어서 판정이 어려울 듯 보였으나, 재판관은 그 커다란 실 뭉치를 천장에 매달아 막대기로 그것을 계속 두드리게 했다. 그러자 실 아래의 바닥에 먼지처럼 미세한 철 조각이 쌓여 그 실 뭉치는 못을 만들어 파는 집에 오래 놓여 있었다는 사실이 밝혀졌고, 결국 못을 만들어 파는 노파가 승소하게 되었다는 이야기다.

피해자의 옷에 부착한 눈에 보이지 않는 먼지를 검경(檢鏡)해서 그 인물의 직업이나 최근에 있었던 장소를 밝혀내는 미시적 감식법은 그로스와 로카르 이후 쓰이기 시작했는데, 그 먼지를 취하는 방법으로 요즘에는 진공청소기와 같은 것으로 옷의 먼지를 빨아들이는 방법이 고안되었지만, 원래는 그 옷을 벗겨 커다란 종이봉투에 넣고 막대기로 가만히 때려 종이봉투 아래에 쌓인 먼지를 검경하는 방법이 일반적으로 행해졌다. 일본의 경시청에서도 얼마 전까지 이 방법을 쓴 듯하다. 〈부령편사〉에서 노파들이 실을 놓고 벌인 재판은, 원리는 이

미시적 감식법과 같은 것으로 이처럼 먼 옛날에 쓰인 책에 일찍부터 미시감식의 싹이 보인다는 것은 참으로 재미있는 일이다. 참고로 이 이야기는 남조(南朝)의 정사인 《남사본전》에서 따온 것이다.

《당음비사》까지 거슬러 올라가면 법의학과 재판 이야기와 탐정소설이 뿌리를 함께 한다는 사실을 알 수 있다. 실용적으로는 법의 · 재판의 참고서, 오락적으로는 탐정소설이라는 형식이리라. 그러한 형식은 아마도 동양 특유의 것으로 서양에는 예가 없지 않을까 싶다.

(《자경》 1951년 9월호)

16. 스릴에 대해서

　내가 탐정소설에 빠지기 시작했을 무렵의 마음을 되돌아보면 이지적 문학으로서의, 수수께끼로서의, 마술 문학으로서의 매력에 이끌렸던 것은 물론이고, 그런 논리적 매력과 함께, 경우에 따라서는 그러한 것보다 한층 더 깊게 탐정소설 내지 범죄문학에 포함되어 있는 스릴의 매력에 심취했었다는 사실을 알 수 있다. 이는 비단 나 혼자만의 일은 아니라고 생각한다. 이지적인 문학을 사랑하는 마음과 스릴을 사랑하는 마음은 서로 다른 듯 다르지 않은 것 같다는 생각이 든다. 에드거 포가 이 사실을 몸소 보여주었다. 창시자인 그가 탐정소설에 얼마나 커다란 애정을 품고 있었는지는 말할 필요도 없을 테지만, 그는 그것 이상으로 스릴에 심취해 있었다. 그리고 누구도 밟아보지 못한 스릴의 창조자이기도 했다. (포를 스릴 작가라고 하는 데는 이의가 있을지 모르겠다. 그러나 내가 말하는 스릴이 어떤 것인지는 독자도 차차 알게 될 것이다.) 일본의 수많은 탐정소설 애호가에게도 이지 이상으로 스릴을 사랑하는 경향이 없다고는 말할 수 없다. 비스톤이나 모리스 르웰은 정말 아무런 망설임 없이 말할 수 있는데, 각각 서로 다른 의미에서 틀림없이 스릴 작가이다. 그리고 이 두 작가를 일본의 탐정독서계만큼 야단스럽게 애독하는 나라도 없을 듯 여겨진다. 예전에 노바라 겐 군이 서점을 통해서 비스톤에게 편지를 보낸 적이 있었는데 그 답장에서 비스톤은 이국에서 지기를 발견했다는 사실을 기뻐함과 동시에, 본국에서는 일본에서만큼의 인기도 없어서 단행본도 한두 권밖에 출판되지 않았다는 내용을 적어 보냈다고 한다.

"일본으로 오세요, 라고 말하면 기꺼이 이주할지도 모른다."고 말하며 노바라 군이 웃었던 일을 기억하고 있다. 그 비스톤은 그렇다 해도 르웰이 그렇게 인기를 얻은 것을 보면 이지와 함께 스릴도 상당히 사랑한다는 의미에서 일본의 탐정독서계는 시조인 포의 피를 직접적으로 물려받은 것이라고 해도 좋을 듯한 기분이 든다.

논리문학으로서의 탐정소설에서 스릴은 필연적 요소

는 아니다. 스릴을 조금도 갖추지 않은 탐정소설이 있을 수도 있다. 그러나 사실 그것은 책상 위의 공론이고, 아무런 스릴도 포함되어 있지 않은 탐정소설이 현실에는 존재하지 않는다. 순논리문학이라 일컬어지는 포의 〈마리 로제[21]〉조차도 고급 유행품으로, 현실 속 범죄사건과의 교묘한 일치를 완전히 배제한다면 그 매력이 반감될 것은 말할 필요도 없다. 다시 말해서 현실을 모델로 한 살인사건의 스릴이라는 것이 이 작품의 요소 가운데 절반을 차지하고 있는 것이다.

더글러스 톰슨의《탐정작가론》에는 〈스릴러〉라는 장이 있는데, 거기서 그는 예의 필법으로 수많은 스릴 문학을 인용하고 호메로스의 〈오디세이아〉도, 셰익스피어의 〈맥베스〉도, 포의 〈함정과 진자[22]〉도, 디킨스의 〈에드윈 드루드〉도, 콜린스의 〈월장석〉도, 가보리오와 보아고베의 여러 작품도, 각각의 의미에서 스릴러라고 말했다. 월리스, 오픈하임, 르 퀴우, 색스 로머 등이 스릴러라는 것은 말할 필요도 없고, 그 가운데서도 가장 눈에 띄는 탐정소설 작가는 월리스와 메이슨과 플레처라고 톰슨은

---

21) 당사의《세계 3대 명탐정 단편걸작선》에 수록되어 있다.
22) 당사의 전자책인 세계 판타스틱 고전문학 시리즈에 포함되어 있다.

생각했다.

이런 생각에 의하면 필포츠와 벤틀리와 맥도널드 등의 작품도 스릴러가 되어버릴 듯하지만, 적어도 필포츠, 메이슨, 벤틀리 등을 스릴러라고 하는 것은 아무래도 적합하지 않다. 윌리스, 르 퀴우, 오픈하임, 색스 로머 정도까지만 해두는 것이 온당하리라 여겨진다. 스릴러라는 말이 반드시 톰슨의 경우처럼 쓰이는 것은 아니다. 그 속어에는 많은 경우 경멸의 뜻이 담겨 있다. '그건 스릴러다.'라는 말에서 경의를 느끼기란 어려운 일이다. 종전까지의 용례로 봐서 포나 디킨스의 작품을 스릴러라고 하는 것은 어울리지 않는 느낌이다.

그러나 스릴러라는 저속한 명칭에는 해당하지 않지만 톰슨이 든 여러 작품이 어떠한 스릴을 중대한 요소로 삼고 있다는 점만은 부인할 수 없다. 아니, 예로부터 대문학에는 거의 대부분 예외 없이 스릴의 매력이 담겨 있었다고 해도 지나친 말이 아니다. (단, 스릴에도 여러 가지 단계가 있어서 스릴러라는 슬랭은 '겁주기', '눈물 짜내기' 등의 속어가 의미하는 것과 같은 저속하고 비속한 스릴을 다룬 것만을 가리킨다고 보는 것이 온당하리라 여겨진다.) 특히 탐정소설 가운데 스릴이 없는 작품은 절대 없다고 해도 좋을 듯하다. 톰슨은 콜린스나 가보리오나 메이슨처럼, 굳이 말하자면 로맨티시즘 작가를 들었지만, 전혀 반대편에 서 있는 이지 소설에서도 스릴은 의외로 중대한 요소를 이루고 있다. 예를 들어서 도일의 모든 작품은 한편으로는 미스터리 문학이기도 하지만, 그와 같은 강도로 스릴 문학이기도 하다. 이는 더 이상 설명할 필요도 없는 사실이지만, 독자는 도일의 단편이든 장편이든 떠오르는 아무 작품이나 취해서 그 스릴의 중요성을 음미해보시기 바란다. 미스터리의 매력과 스릴의 매력 가운데 과연 어느 쪽이 클지 망설일 정도라는 사실을 발견할 것이다. 한 가지만 예를 들자면, 그의 작품 중에 가장 커다란 인기를 얻고 있는 〈얼룩끈〉(이 작품은 잡지 《옵서버》의 인기투표 등에서도 1위를 차지했다)에서 심야의 밀실에서 악마를 기다리는 공포, 이상한 휘파람, 얼룩 뱀 등의 스릴을 제거한다면 대체 무엇이 남겠는가?

도일로는 만족스럽지 않다면 밴 다인이나 엘러리 퀸을 예로 들어도 좋다. 〈그린 머더 케이스〉에는 한 저택 안에서 차례차례로 사람이 살해당하는 공포, 심야에 저택 안을 돌아다니는 노파의 공포, 진범이 가련한 아가씨였다는 스릴, 그리고 자동차 추격의 스릴까지 삽입되어 있다. 〈비숍 살인사건〉에서는 말할 것도 없이 동요와 살인의 소름 돋는 일치가 최대의 스릴이며, 그 절묘한 스릴을 제외하면 이 작품이 가진 매력의 대부분을 잃을 정도이다. 퀸의 작품으로 말하자면 목을 썩둑 자른 T자형 형벌의 스릴 외에, 여러 말 할 것도 없이 어느 작품에나 어떤 형식으로든 스릴이 중요한 요소로 삽입되어 있다는 사실을 부정할 수 없을 것이다. 독자 여러분은 마음 속에 남아 있는 탐정소설 어느 작품이든 상관없으니 그 재미의 가장 커다란 부분이 무엇이었는지, 수수께끼를 푸는 논리의 매력이었는지, 아니면 수수께끼 그 자체에 함축되어 있는 스릴의 매력이었는지를 가만히 생각해보시기 바란다. 그러면 자신도 모르게 경멸하고 있던 스릴이라는 것이 탐정소설의 재미 가운데서 뜻밖에도 커다란 부분을 차지하고 있었다는 사실에 깜짝 놀라게 될지도 모른다.

살인(내지 범죄)는 탐정소설의 필수조건이 아님에도 세상의 모든 탐정작가들이 마치 약속이라도 한 듯 살인사건을 다루는 것은 어째서일까? 그것은 스릴을 추구하기 때문이다. 스릴은 범죄와 마찬가지로 탐정소설의 필수조건은 아니다. 그러나 현실에서는 스릴이 어느 탐정 소설이나 예외 없이 삽입되어 있는 하나의 중요한 요소라는 점은 의심할 수 없을 것이다.

그런데 스릴이란 무엇이냐고 진지하게 묻는다면 누구나 애매하게밖에는 대답하지 못할 것이다. 스릴이라는 말은 예로부터 시인·문학자에 의해서 종종 쓰여오기는 했으나 각자 서로 다른 용법이어서 반드시 일정한 의미를 부여한 것은 아니다. 특히 나중에 생겨난 스릴러라는 단어는 영어사전에도 분명히 적혀 있는 것처럼 단지 속어에 지나지 않기 때문에 문학사전 등을 찾아보아도 그런 항목은 없다. 하지만 그렇다고 해서 지레짐작에만 머물러서는 안 되겠기에 이 글을 쓰기 전에 나는 쇼터 옥스퍼드, 웹스터, 센추리 등의 대형 사전을 찾아보아 스릴이라는 타동사에는 다음과 같은 의미가 있다는 사실을 알게 되었다. (1) 송곳과 같이 날카로운 물건으로 찌르는 것. (2) 사람을 떨게 만드는 것. (3) 찌르는 것 같은 감동을 주는 것. 몸서리를 치거나 두근두근하거나 몸속이 근질거리는 듯한 기쁨, 두려움, 슬픔 등의 격정을 주는 것. (4) 창 등을 던지는 것, 이다. 자동사는 여기에서 유추할 수 있는 의미를 가지고 있으며, 명사는 이

동사가 명사화한 것이다. 다시 말해서 그 근원으로 올라가면 예리한 물건으로 찌르다, 진동시키다라는 구체적인 동작이 있었던 것이 (3)처럼 추상적인 감정을 나타내는 말로 전용되어 온 것이리라. 이를 한마디로 말하자면 스릴이란 쾌(快, 플레저)든 고(苦, 페인)든, 날카롭고 급격한 감동을 주는 것이라고 이해면 될 듯하다.

그러나 그러한 날카로운 감동에는 무한한 단계가 있다. 어떠한 것이 스릴이 될지는 그것을 받아들이는 사람의 정조나 지식 등의 정도에 따라서 달라질 터다. 그렇기 때문에 스릴의 단계란, 그것을 받아들이는 사람의 두뇌의 단계라고 생각해도 상관없을 듯하다. 몇 십만이나 되는 독자를 가진 오락잡지가 환영하는 스릴은, 좀 더 좁은 범위 속 지식계급의 독자에게는 적용되지 않는다. 그런 좁은 독자가 몇 십만이나 되는 독자가 사랑하는 스릴 이야기를 스릴러라며 조소하는 것인데, 그러나 그 지식계급이 사랑하는 스릴도 또한 한 단계 더 높은 표준에서 보자면 역시 경멸당하고 있다는 사실을 깨달아야 할 것이다. 위에는 또 다시 위가 있는 법이다.

이를 구체적으로 말하자면 쾌감 쪽의 스릴에는 예를 들어서 예전의 군국적 격정이 있다. 정차장에서 개선

군대를 맞이해 펄럭이는 소학생의 국기 앞에 군악대의 음악도 씩씩하고, 대오도 당당하게 행진하는 병사들을 바라보며 짜릿할 정도로 온몸의 털이 곤두서는 것 같은 쾌감에 눈물을 글썽이던 시절이 있었다. 미토 고몬이나 노기 장군의 창가 속에서 착한 사람은 도움을 얻고 얄밉고 미운 사람은 땅바닥에 납작 엎드려 잘못을 비는 장면에도 왠지 짜릿하고 날카롭게 마음을 때리는 부분이 있다. "만세, 만세." 외치는 소리 속에 기묘하게도 얼마나 커다란 스릴이 담겨 있는지. 애정의 정점에도 스릴이 있다. 남녀 사이이든 부모자식 사이이든 그 정점에는 세상 모든 것을 잊게 할 만큼 짜릿한 기쁨의 눈물에 이르는 경지가 있다. 그 경지야말로 쾌감에서 오는 스릴 외에 그 무엇도 아니다. 또 다른 예를 들어보자면 투쟁 자체에서 오는 스릴, 예를 들어 "와"하고 함성을 지르며 돌진할 때의 짜릿한 격정, 싸움 직전의 흥분에서 오는 떨림, 관람물로는 온갖 운동경기, 그 가운데서도 권투에서 느끼는 스릴이 있다. 이러한 감정들이 문예작품 속에 잘 묘사되어 있으면, 당연히 그와 같은 스릴을 줄 수 있는 것이리라.

고(페인) 쪽의 스릴로는 우선 공포가 있다. (어떤 사람은 스릴이라고 하면 이 공포의 격정만 있는 것처럼 생각할지도 모르겠으나 사전에도 명시되어 있는 듯 스릴은 물론 공포에만 한정된 것은 아니다.) 살인, 유혈, 난도질, 능지처참, 톱으로 목을 자르는 형벌, 그 외의 살인과 형벌의 육체적 스릴, 인체해부, 독살, 질병, 수술 등의 의학적 스릴, 도처의 감시망을 피해 도망 다니는 범죄자의 몸을 둘 곳 없는 커다란 두려움, 쫓기는 자의 스릴, 절벽 · 고층건축 등에서의 추락에 대한 공포, 맹수, 야만인 등에게서 느끼는 모험 스릴, 한편으로는 귀신, 유령, 영혼, 신의 벌, 부처의 벌, 심령현상 등의 신비한 것에서 오는 스릴 등이 그것이다. 이러한 종류의 스릴은 주로 괴기소설, 범죄소설, 모험소설, 탐정소설, 괴담 등에서 다루는데, 탐정소설에도 그것이 매우 많이 도입된다는 점은 말할 필요도 없다.

다음으로는 슬픔에서 오는 스릴이 있다. 이는 탐정소설과는 거의 거리가 멀고 연애소설이나 가정소설 등 이른바 비애소설에서 다루는 것인데, 파경의 비애(〈불여귀〉 등), 가난이나 병에서 오는 고통의 비애(〈후데야 고베에〉 등), 어린이를 등장시킨 이른바 눈물 짜내기 스릴(〈수양 가족〉 등), 그 종류가 꽤 많다. 그리고 분노의 감정도 그 극단에는 스릴이 있다고 생각한다. 읽을거리 가운데서는 그 적절한 예를 찾기 어렵지만 연극에서는 선인을 괴롭히는 악인, 며느리를 괴롭히는 시어머니의 행동이 정점에 달하면, 아가씨들을 눈물짓게 만들고 성격이 격한 관객으로 하여금 깔고 앉아 있던 방석을 무대를 향해 던지게 할 정도의 스릴을 줄 수 있다.

이상 예시한 격정은 지식의 정도와는 상관이 없고 정조의 훈련을 거의 필요로 하지 않으며, 글자를 읽을 수 있을 정도의 사람들이라면 예외 없이 이해할 수 있는, 이른바 평범하고 속되며 저급한 스릴이다. 제아무리 원시적인 격정이라 할지라도 다루는 법에 따라서 반드시 비속하다고는 할 수 없는 것도 있을 테지만, 예를 들어 웃음에 있어서의 '저속한 유머'처럼, '눈물 짜내기'나 '겁주기'를 의식해서 그 어떤 깊은 통찰도 없이 이들 스릴을 있는 그대로 그려낸 작품이 경멸을 포함해서 스릴러라 불리는 것은 어쩔 수 없는 일이리라. 독자 여러분은 저급한 작품일수록 '섬뜩섬뜩', '부들부들', '조마조마', '오싹오싹', '두근두근', '덜컥', '싸늘함', '흠칫', '앗', '꺄악', '허억' 등의 말들로 넘쳐나고 있다는 사실을 떠올릴 수 있을 것이다. 이러한 말들은 스릴 자체를 날것인 채로 나타내는 말로, 저급한 창작물에 그것이 자주 등장하는 것은 오히려 당연한 일이라고 할 수 있다. (위에서 이야기한 여러 가지 스릴 가운데 탐정소설과 깊은 관계가 있는 것은 공포 스릴이고, 그 외의 것들은 여기서 거의 언급할 필요가 없었지만, 공포 이외의 쾌고(快苦)에도 스릴이 존재한다는 사실에 대해서 독자의 주의를 끈 것뿐이다. 따라서 지금부터 이야기할 이른바 고급 스릴에 대해서는, 물론 기쁨에도, 슬픔에도, 분노에도 단계가 높은 스릴이 있다는 사실은 말할 필요도 없을 테지만, 그러한 것들은 생략하고 공포 스릴에만 국한시켜 이야기를 할 생각이다.)

그러나 스릴에는, 앞서 이야기한 것과 같은 원시감정에 속한 스릴만 있는 것은 아니다. 그러한 것들의 한 단계 위에는, 일단 생각을 거친 뒤에야 비로소 덜컥 하는 것과 같은 지적 요소를 포함한, 그렇기에 그 두려움이 원시감정보다 복잡하고 또 한층 더 심각한 일련의 스릴이 있다.

지금 떠오르는 가장 현저한 예를 들어보자면, 몸부림치면 몸부림칠수록 조금씩 슬금슬금 몸이 빨려 들어가는 깊이를 알 수 없는 늪에 빠진 사람의 공포, 다부진 몸을 가지고 있지만 아무런 저항도 할 수 없을 때의 기분, 표면은 고체처럼 보이지만 사실은 끝을 전혀 알 수 없다는 이상한 공포, 오랜 시간에 걸쳐 허리에서 복부, 복부에서 가슴, 목, 턱, 입, 코 순서대로 잠겨들다 마지막에는 꿈틀거리는 손가락만이 남고 그것조차 보이지 않게 되면 뒤에는 아무 일도 없었다는 듯 고요하게 고여 있는 늪의 표면, 이러한 모든 조건이 어떤 귀신보다도, 어떤 고문보다도 한층 더 깊고 날카로운 스릴을 낳는 것이다.

예를 하나 더 들자면 나침반을 잃은 채 흐린 하늘이 펼쳐진 사막을 걸어가는 자의 공포가 있다. 시야에 들어오는 것이라고는 모래뿐, 하늘에는 회색 구름, 해도 달도 별도 방향을 확인할 수 있을 만한 것은 아무것도 없다. 그저 맞다고 생각되는 방향으로 무턱대고 걸을 뿐이다. 그런데 그러는 동안에 그는 문득 이런 생각을 하게 된다. 사람의 좌우 양쪽 다리는 정확하게 같은 보폭을 내딛을까? 아니, 그건 있을 수 없는 일이다. 그렇다면 만약 오른쪽 다리의 보폭이 왼쪽 다리보다 1푼이라도 넓다고 한다면 10걸음에 1치, 100걸음에 1자, 그리고 천 걸음, 만 걸음, 백만 걸음 걷는 동안 생각할 수도 없을 만큼 커다란 차이가 생겨서, 결국 나는 사막 한가운데를 영원히 원을 그리며 빙글빙글 맴도는 결과가 되지 않을까? 실제로 그런 일이 일어난다고 하는데 현실보다도 그런 착상만으로 여행자는 깊이를 알 수 없는 공포에 사로잡혀 그대로 멈춰 서버릴 것임에 틀림없다. 또 예를 들어서 지나치게 성급했던 매장(埋葬)의 스릴도 있다. 땅 속의 관 안에서 되살아나 소리를 질러보아도 몸부림을 쳐보아도 밖으로는 나올 수 없는 경우의 공포, 이것도 역시 현실에서보다 상상 속에서가(다시 말해서 문학적으로) 한층 더 심각한 스릴의 일종이다.

한층 더 복잡한 맛을 더한 스릴에는 환상과 꿈의 공포가 있다. 아편 흡연자의 꿈에 나타나는 현실을 몇 십 배로 확대해서 커다랗게 한 풍경이나 인물에는 어딘가 오싹하고 온 몸의 털이 곤두설 것 같은 부분이 있다. 그런 의미에서 드 퀸시의 〈아편 흡연자의 고백〉에는 커다란 스릴이 포함되어 있다고 해도 좋으리라. 그와 관련해서 영화의 공포라고 칭할 만한 것이 있다. 다니자키 준이치로 씨의 〈인면저(人面疽)〉는 그런 스릴을 잘 묘사해서 성공한 작품일 것이다. 이렇게 해서 스릴은 단순한 감정에서 지식을 가미한 것으로 발전했고 마침내 심리적인 영역으로 들어갔다.

착각, 망각, 의식의 맹점 등이 탐정소설과 깊은 관계를 맺고 있는 것은 어째서일까? 그러한 심리상의 현상들에 깊이를 알 수 없는 스릴이 담겨 있기 때문이다. 탐정소설은 아니지만 포의 〈스핑크스〉는 해골 무늬가 있는 한 마리의 나방이 산을 뛰어 내려오는 커다란 괴물처럼 느껴지는 착각의 스릴이 주제이며, 또 〈함정과 진자〉에서는 암흑의 지하실에 던져진 인물이 벽에 손을 대고 실내를 더듬더듬 걷던 중에 사실은 사각형의 방이지만, 무수한 모서리를 가진 무한하게 넓은 장소처럼 느낀다는 어둠 속에서 일어나는 착각의 스릴을 다루었다. 또한 의식의 맹점에서 오는 공포가 내외의 단편 탐정소설에 얼마나 자주 쓰였는지는 여기서 새삼스럽게 설명할 필요도 없을 것이다.

근대 영미 장편 탐정소설의 8할까지가 어떤 형태로든 1인 2역 트릭을 삽입하고 있다는 점은 이상하게 여겨질 정도이지만, 이는 작가들에게 지혜가 없다는 사실을 증명하는 것이라기보다 1인 2역 형태의 공포가 얼마나 깊은 매력을 가지고 있는지를 증명하는 것이라고 보아야 할 듯하다. 이 공포는 또 이중인격, 유체이탈 전설 등과도 관련을 맺고 있는데 이러한 형태를 대표하는 작품으로는 스티븐슨의 〈지킬 박사와 하이드〉가 있으니 이것을 지킬 · 하이드형 스릴러라고 부를 수도 있겠다. 또한 1인 2역의 이면에는 쌍둥이 트릭이 있는데 그 공포를 대표하는 작품으로는 포의 〈윌리엄 윌슨23)〉, 에홀스의 〈프라하의 대학〉 등이 있으니 그것을 예를 들자면 윌리엄 윌슨형 스릴이라고 이름 붙여도 좋으리라 생각한다. 자기 자신과 조금의 차이도 없는 얼굴을 가진 사람이 이 세상의 어딘가에 있어서 (어쩌면 녀석은 아주 가까운 곳에서 돌아다니고 있을지도 모른다) 어떤 끔찍한 악행을 저지를지 알 수 없다는 기분은 거의 견디기 어려운 공포이리라. 사람들로 가득한 어딘가의 거리에서, 혹은 인기척조차 없는 어두운 밤의 교차로에서 불쑥 그 녀석과 만나게 될지도 모른다는 상상에는 참으로 무시무시한 스릴이 담겨 있다. 자신의 이중 존재에 대한 공포는 거울의 공포와 연결 지을 수도 있다. 거울이라는 것이, 혹은 그림자라는 것이 어떤 경우에는 매우 강한 스릴을 준다는 것은 반드시 일반적인 감정은 아니지만, 바로

---

23) 당사의 전자책인 세계 판타스틱 고전문학 시리즈에 포함되어 있다.

그렇기 때문에 생명에 대한 공포나 유령에 대한 공포보다 특수하고 하나 더 높은 단계에 속하는 것처럼 느껴진다.

그러나 스릴의 단계가 이것으로 끝난 것은 아니다. 훨씬 더 순수하게 심리적인, 인간의 마음 자체에 깃들어 있는 종류의 전율이 있다. 내가 고전 명작에 포함되어 있다고 말하는 것은 대부분 이런 종류의 스릴로, 그것은 받아들이는 쪽의 정조나 지식 정도에 따라서 거의 무한하게 깊은 곳까지 닿아 있는 듯 여겨진다. 시험 삼아 누구에게나 알려져 있는 비근한 실례를 들어보자면, 예를 들어서 포의 〈심술궂은 꼬마 악마〉에서 다루고 있는 스릴 등이 그 현저한 예 가운데 하나일 것이다. 그 어떤 증거도 남기지 않고 살인을 범한 남자가 그저 입을 다물고 있기만 하면 평생 안전하게 살 수 있음에도 불구하고, 그 입을 다물고 있어야 한다는 생각을 견딜 수 없게 된다. 말해서는 안 된다, 말해서는 안 된다고 억누르면 억누를수록 목구멍 안쪽에서 죽음기처럼 그 말해서는 안 되는 말만이 멋대로 튀어나온다. 이 얼마나 절망적인 공포란 말인가. 그리고 그는 하필이면 혼잡하기 짝이 없는 거리 한가운데서 두려움에 부들부들 떨며 정신을 잃을 듯이 되어 확성기와도 같은 커다란 목소리로 자신의 죄를 자백해버리고 말아 경찰에게 잡히게 된다는 이야기다.

해석은 조금 다르지만 도스토예프스키의 〈죄와 벌〉에서도 이와 비슷한 스릴을 다루었다. 라스콜리니코프가 살인을 저지른 지 얼마 지나지 않아서 자기 자신의 살인 사건에 대한 신문기사를 읽고 싶다는 기분에 사로잡혀 카페와 같은 곳으로 찾아간다. 거기서 커피 한 잔을 시키고 철해놓은 신문을 빌려서 공허한 마음으로 그 범죄기사를 읽는데, 그러는 동안 문득 바로 앞 테이블에 무시무시한 인물이 와서 앉았다는 사실을 발견한다. 재판소의 서기관이었던가, 그를 하수인이라 의심하고 있는 자묘토프라는 그 방면의 관계자였다. 두 사람은 인사를 한다. 자묘토프가 태연한 척 "무엇을 그렇게 열심히 읽고 있습니까?"라고 묻는다. 그러자 라스콜리니코프는 "당신은 그걸 알고 싶어서 몸이 근질근질하시죠? 가르쳐드릴까요? 자, 이렇게 신문을 잔뜩 빌려서 제가 과연 무엇을 읽고 있었다고 생각하십니까?"라고 말하며 자신의 얼굴을 상대방의 얼굴 앞으로 한껏 내밀고 속삭이는 듯한 목소리로 "그겁니다. 노파 살해에 관한 기사를 그렇게 열심히 읽고 있었던 겁니다."라고 말한다. 그런 다음 이 적대관계에 있는 두 사람은 거의 1분 동안이나 그 자세 그대로 서로의 눈을 바라본 채 말이 없었다고 쓰여 있다.

그 후 급사가 커피값을 받으러 왔을 때 라스콜리니코프는 주머니에서 돈다발을 덥석 꺼내서 자묘토프에게 보이며 다음과 같이 섬뜩한 말을 하지 않고는 견딜 수 없었다. "보세요, 돈이 얼마나 있는지. 25루블입니다. 어디서 났다고 생각하나요? 당신은 잘 알고 계시겠죠? 저는 요 얼마 전까지 무일푼 아니었습니까?"

도스토예프스키의 작품은 어떤 것을 보아도, 내가 말하는 이른바 심리적 스릴의 보고와도 같아서 이 세상 거의 모든 형태의 스릴이 백과사전처럼 망라되어 있다고 해도 과언이 아니다. 도스토예프스키를 스릴 작가라고 하면 많은 사람들의 질타를 받을지 모르겠지만, 시험 삼아 그런 각도로 바라보시기 바란다. 어느 작품이든 상관없이 여러분은 그 1권이 스릴의 보고임을 틀림없이 발견할 수 있을 것이다. 나는 도스토예프스키만은 몇 번이고 다시 읽는다. 몇 번을 읽어도 질리지 않는 것은 내가 한없이 좋아하는 스릴의 매력으로 넘쳐나고 있기 때문이라고 대담하게 단언해도 좋을 정도라고 생각하고 있다. 〈카라마조프 가의 형제들〉의 시작 부분, 대부분의 사람들이 재미없다고 말하는 시작 부분, 장로 조시마의 회고 속에조차 빼어난 스릴이 가득 담겨 있다. 물론 공포의 스릴만이 아니다. 지옥의 스릴과 함께 천국의 스릴도 있다. 조금 묘한 표현을 쓰자면 도스토예프스키는 '스릴의 악마'이자 '스릴의 신'이다.

조시마의 회고 가운데서 내가 가장 사랑하는 스릴을 하나만 예시해보자면, 청년 시절의 조시마가 치정 문제로 결투를 벌이는 이야기가 있는데 결투의 장에 임해서 그는 상대방에게만 총을 쏘게 하고 자신은 총을 쏘지 않고 결투를 마쳐버린다. 후에 갖게 된 조시마 장로의 성스러운 사상이 작용한 것이었다. 그러자 그는 갑자기 사교계의 인기를 한몸에 얻게 되어 여러 인물들이 그에게 접근한다. 그 가운데 50세 정도의, 지위도 재산도 있는 훌륭한 신사가 있었다. 그는 청년 조시마를 매일같이 찾아간다. 그리고 그 자신이 예전에 치정 문제로 살인을 저지른 적이 있다는 사실을 고백하고 그 사실을 세상에 공표하겠다고 약속한다. 결투 때 조시마가 보여준 성스러운 행동을 본받아 자신도 자백을 하지 않고는 견딜 수 없게 되었다고 말한다.

그러나 그는 좀처럼 세상에 자백을 실행하지 않는다. 그저 매일 청년 조시마를 찾아와서 "자백해버린 순간, 그 어떤 천국을 맛보게 될까요."라는 등의 말을 할 뿐이다. 그리고 다음날이 되면 역시 결단을 내리지 못한 창백한 얼굴로 찾아온다. "당신은 아직도 자백하지 않았잖아, 라고 말하는 듯한 얼굴로 저를 보시는군요. 조금만 더 기다려주세요. 당신이 생각하시는 것만큼 그렇게 간단한 일이 아닙니다. 어쩌면 저는 끝까지 자백하지 않을지도 모릅니다. 그러면 당신은 저를 고발하시겠습니까?"라고 말한다. 조시마는 상대방의 고뇌가 두려워져서 그 얼굴을 똑바로 쳐다볼 수 없을 것 같은 마음이 든다. "저는 지금 막 아내 곁에서 왔습니다. 아내나 자식이 어떤 것인지 당신은 절대로 알지 못합니다. 아내나 자식만 용서받을 수 있다면 저는 평생 고통을 받겠습니다. 저와 함께 처자까지 망치는 것이 옳은 일일까요?" 그는 메마른 입술로 탄원하듯 말한다. 조시마는 "자백하는 것이 옳다."고 용기를 심어준다.

결국 그는 "그럼 자백하겠습니다. 더는 뵐 수 없을 겁니다."라고 말한 뒤 나갔으나, 잠시 후 무엇인가를 놓고 갔다며 다시 돌아왔다. 그리고 청년 조시마와 의자에

마주보고 앉아 2분 정도 가만히 상대방의 얼굴을 바라보다 갑자기 미소를 지어 조시마를 깜짝 놀라게 한다. 그런 다음 자리에서 일어나 입맞춤을 하고 이번에는 정말로 돌아가는데 헤어지기 직전에 묘한 말을 남긴다. "제가 두 번째로 왔었다는 사실을 잊지 마시기 바랍니다. 네, 네, 아시겠습니까?"

이튿날 그는 사람들을 자신의 집으로 불러 자백한다. 그리고 사람들과 재판소 모두가 반신반의하는 가운데 그는 병에 걸려 세상을 떠나고 만다. 병으로 누워 있는 그를 조시마가 찾아갔을 때, 그는 이런 말을 가만히 속삭인다. "제가 두 번째로 갔던 것을 기억하고 계십니까? 그걸 기억해달라고 말했었죠? 무엇 하러 되돌아갔던 거라고 생각하십니까? 저는 그때 당신을 죽이러 갔던 겁니다."

이렇게 줄거리만 써서는 참된 맛을 전달할 수가 없다. 그 부분을 읽어보라고 말할 수밖에 없지만 나는 이 스릴이 너무나도 좋다. 도스토예프스키의 스릴이라고 하면 가장 먼저 이것이 떠오를 정도로 좋다. 거기에는 비늘처럼 층을 이루며 몇 개인가의 스릴이 겹쳐 있다. 그 층을 이루고 있는 스릴의 중심에서 뱀의 눈처럼 번뜩이며 빛

나는 스릴이 바로 이것이다. 스릴의 스릴이다.

　도스토예프스키의 스릴에 대해서 이야기하기 시작하자면 끝이 없다. 바로 눈앞에 떠오르는 것만 해도 대여섯 개 정도가 아니다. 살인자 라스콜리니코프가 사람의 왕래가 많은 도로에서 갑자기 무릎을 꿇고 땅에 입맞춤한다는, 공포는 아니지만 그러나 매우 격렬한 일종의 스릴, <영원한 남편>의 등장인물이 자신을 죽일지도 모를 남자와 같은 방에서 자는 장면의 몇 가지나 되는 스릴, <카라마조프 가의 형제들>의 드미트리가 약혼녀에게서 모멸적 태도로 3천 루블을 받아 그것을 다른 여자와 써버린 것처럼 보이지만 사실은 반액인 1500루블을 옷의 목깃 안에 꿰매 숨겼다는 사실이 어떤 살인보다도 절도보다도 치욕적이라는 기분, 그러나 마침내 그것을 털어놓는 장면의 묘사, 거기에는 참으로 깊은 심리적 공포가 내재되어 있다. 나는 그것을 하나의 스릴로 느끼고 있다.

　다른 작가를 말하자면 안드레예프의 출세작이라고 일컬어지는 단편에 좋은 예가 있다. 지금은 일본에도 번역되었으리라 생각되지만 나는 20년쯤 전에 영어로 번역된 것을 처음 읽었는데 지금도 잊을 수 없을 정도의 인상을 받았다. 줄거리는 치정에 의한 복수로 한 여자와 그

애인을 살해한 다음, 처벌을 면하기 위해 미친 것처럼 가장해서 목적을 이루어 정신병원에 들어간 뒤, 자신은 가짜 광인이라 생각하고 있으나 그것은 터무니없는 착각이고 정말로 발광하고 있는 것이 아닐까 하는 무시무시한 의문에 시달리는 심리를 묘사한 것이다. 그 착오를 퍼뜩 깨달은 순간에서 하나의 커다란 스릴이 느껴지는 것은 물론이지만, 내가 잊을 수 없는 것은 그보다 살인의 동기가 되는 하나의 장면이다. 그것은 정차장이었다. 기차가 출발하려 하고 있다. 커다란 시계가 몇 시 몇 십분을 가리키고 있다. 그는 과감하게 연인에게 속내를 털어놓는다. 식은땀을 흘리며 털어놓는다. 그러자 상대 여자는 자못 재미있다는 듯이 웃음을 터뜨린다. 언제까지고 웃음을 그칠 줄 모른다. 창백해질 정도의 모욕이다. 그때 그는 어떻게 했을까? 화를 내며 떠나갔을까? 눈물을 글썽이며 고개를 숙였을까? 아니, 아니. 그도 마찬가지로 웃었다. 그 웃음이야말로 평생 잊을 수 없는 웃음이었다. 그리고 바로 그 자신의 웃음 때문에 마침내 살인을 저지르게 된 것이다. 이 주인공의 너무나도 잔혹한 웃음이 내게는 하나의 커다란 스릴로 느껴졌다. 반드시 공포의 스릴만은 아니다. 하지만 거기서 받는 섬뜩함과 물을 뒤집어쓴 것 같은 느낌, 덜컥하고 심장의 박동에 변화를 주는 것 같은 느낌, 그 성질은 유령의 무서움과 전혀 다른 종류의 것이라고는 여겨지지 않는다.

이러한 스릴은 나 이상의, 혹은 나 이하의 감수성에게는 스릴이 아닐지도 모른다. 스릴은 그야말로 그것을 받아들이는 사람의 감수성에 의해서 결정된다고 해도 좋으리라. 나는 아무리 작은 거미라도 무서워한다. 그러나 대부분의 사람들에게 거미는 아무런 공포도 심어주지 못한다. 나는 오목거울에 비친 자신의 얼굴에, 터무니없이 확대된 자신의 모습에 오싹해서 몸을 떤다. 그러나 대부분의 사람들에게 오목거울은 재미있는 장난감에 지나지 않는다. 이는 구상적 일례에 지나지 않지만 훨씬 더 추상적인, 예를 들어서 심리적 공포와 같은 것도 사람에 따라 달라서 스릴의 범위를 객관적으로 정하기는 어려우리라 생각한다. 같은 말을 자꾸 되풀이하는 듯하지만 스릴에는 단계가 있다. 그 낮은 단계의 것이 경멸의 대상에 지나지 않는다고 해서, 높은 단계에 있는 것까지 같은 원칙으로 다루는 것은 잘못이라고 생각한다.

스릴에 대해서는 이 외에도 여러 가지로 이야기하고 싶은 것이 있지만 논리 정연하게 쓸 정도로는 아직 생각이 정리되지 않았기에 우선은 여기서 마무리 짓기로 하겠다. 단, 어째서 뻔하디뻔한 얘기를 새삼스럽게 쓸 생각이 들었는지, 스릴이 무엇인지 정도는 잘 알고 있다는 말을 들을지도 모르겠기에 그 이유를 한마디 덧붙여두겠다.

나이 어린 독자에게는, 스릴이라는 말의 의미를 잘 모르는 채로 단지 스릴러라는 모멸적 호칭의 연상에서 모두가 저급한 것이라고 착각하고 있는 경향이 있을지도 모르겠다고 생각한 것이 하나의 이유였다. 나이 어린 사람들의 평론 등에서 스릴이라는 말을 그런 저급한 의미로만 사용하고 있는 것을 종종 보아왔기 때문이다.

또 하나의 이유는 탐정소설에 대한 밴 다인식 사고에서 느껴지는 불만 때문이다. 밴 다인은, 탐정소설은 퍼즐의 흥미 이외의 모든 문학적 요소와는 관계를 끊어야 한다는 식으로 말했는데 그의 논조에 따르자면 스릴 역시 관계를 끊어야 할 요소 가운데 하나라고 생각한다. 그런 사고방식은, 순수는 순수이니 논의로서는 기분 좋은 것이며 그 법칙에 따른 탐정소설이 (만약 있다면) 존재하는 것도 물론 하나의 형태로는 바람직하지만, 그것으로 모든 탐정소설을 재단하려 한다는 것은 결국 '탐정소설의 빈곤'을 초래할 뿐이다.

스릴과 관계를 끊어야 한다는 이론은 밴 다인까지 거슬러 올라갈 것도 없이 우리의 일상 속에서 종종 볼 수 있는 것이다. 가장 비근한 예를 들자면 《신청년》 지난 달 호의 축쇄도서관 서두에 번역되어 있는 제르루드 여사라는 사람의 탐정소설론에도 그것이 있다. 「물론 스릴러에는 스릴러의 사회가 있을 것이다. 그러나 그 사회에 우리 탐정소설의 팬은 없다. 우리는 살인사건의 스릴을 추구하지 않으며, 또 범죄의 킥(자극)에는 관심이 없다. 범죄는 단지 하나의 해결 조건이며 범죄의 해결이야말로 중요한 것이다.」라고 했다. 이는 단순히 이른바 스릴러에 대해서만 말하고 있는 것이기에 내가 위에서 이야기한 것과 같은 고등한 스릴에는 이르지 않은 것일지도 모르겠지만, 그렇다 할지라도 탐정소설에서 스릴을 배척하는 결벽은 결국 그것을 빈곤하게 만들 뿐이리라. 그렇게 생각할 것이 아니라, 탐정소설의 '논리'와 범죄문학의 '심리'를 결혼시켜서 그 양쪽의 매력을 혼합하는 데 탐정소설의 미래가 있지 않을까? 현실을 놓고 이야기해보자면, 그러한 논의가 행해지고 있기는 하나 정말로 스릴과 관계를 끊은 탐정소설이란 있을 수 없다.

'범죄'의 스릴에는 관심이 없다면 '범죄'가 전혀 없는 미스터리 소설을 써보는 것도 좋을 법하지만 그 어떤 순수론자도 '범죄'와 인연을 끊을 수는 없다. 그건 곧, 세상의 탐정소설이라는 것이 출발점에서부터 스릴에 의지하고 있다는 사실을 증명하는 것 아닐지.

(《프로필》 1935년 12월호)

[주] 패전 후에는 '심리적 스릴러'가 대두하여 수수께끼와 논리의 탐정소설보다도 오히려 수준 높은 것이라 여겨지게 되었으나, 패전 전에는 스릴러라고 하면 저급한 탐정소설의 대명사였다. 이 글은 패전 전의 그러한 상식에 대해서 쓴 것이다.

《유형별 트릭 집성》목차

각 항목 옆의 숫자는 예가 되는 작품의 수를 나타낸 것이다. 작례 총계 821로 이것을 나누면 그 항목이 포함된 작례의 비율을 알 수 있다.

① 탐정이 범인. (13)

② 재판관, 경찰, 형무소장이 범인. (16)

③ 사건의 발견자가 범인. (3)

④ 사건의 기술자가 범인. (7)

⑤ 어린이, 혹은 노인이 범인. (12)

⑥ 불구자, 환자가 범인. (7)

⑦ 시체가 범인. (1)

⑧ 인형이 범인. (1)

⑨ 뜻밖의 여러 사람이 범인. (2)

⑩ 동물이 범인. (13)

(C) 범인의 자기 말살(1인 2역 이외, 14)

① 불에 타죽은 것으로 위장. (4)

② 그 외의 방법으로 죽음을 위장. (3)

③ 변모. (3)

④ 소실. (4)

(D) 이상한 피해자. (6)

【제2】 범인이 현장에 드나든 흔적에 대한 트릭. (106)

(A) 밀실 트릭. (83)

① 범행 시 범인이 실내에 없었던 것. (39)

(ㄱ) 실내의 기계장치. (12)

(ㄴ) 창, 혹은 틈새를 통한 실외에서의 살인. (13)

(ㄷ) 밀실 안에서 피해자 스스로 죽음에 이르게 한
다. (3)

(ㄹ) 밀실에서의 타살을 가장한 자살. (3)

(ㅁ) 밀실에서의 자살을 가장한 타살. (2)

(ㅂ) 밀실에서의 인간 이외의 범인. (6)

② 범행 시 범인이 실내에 있었던 것. (37)

(ㄱ) 문의 메커니즘. (17)

(ㄴ) 실제보다 나중에 범행이 있었던 것처럼 보인
다. (15)

(ㄷ) 실제보다 먼저 범행이 일어난 것처럼 보인다.

   － 밀실에서의 신속한 살인. (2)

(ㄹ) 문 뒤에 숨는 간단한 방법. (1)

(ㅁ) 열차 밀실. (2)

③ 범행 시 피해자가 실내에 없었던 것. (4)

④ 밀실 탈출 트릭. (3)

(B) 발자국 트릭. (18)

(C) 지문 트릭. (5)

② 주사에 의한 독. (16)

③ 흡입에 의한 독. (7)

【제5】 사람 및 사물의 은닉 방법에 관한 트릭. (141)

　(A) 시체를 은닉하는 방법. (38)

　　① 일시적으로 은닉. (19)

　　② 영원히 은닉. (3)

　　③ 시체 이동에 의한 기만. (20)

　　④ 얼굴이 없는 시체. (14)

　(B) 살아 있는 사람을 은닉하는 방법. (12)

　(C) 사물을 은닉하는 방법. (35)

　　① 보석. (11)

　　② 금화, 금괴, 지폐. (5)

　　③ 서류. (10)

　　④ 그 외. (9)

　(D) 시체 및 사물의 바꿔치기. (11)

【제6】 그 외의 각종 트릭. (39)

　① 거울 트릭. (10)

　② 착시. (9)

③ 거리에 대한 착각. (1)

④ 쫓는 자와 쫓기는 자의 착각. (1)

⑤ 신속한 살인. (6)

⑥ 군중 속에서의 살인. (3)

⑦ '빨간 머리' 트릭. (6)

⑧ '2개의 방' 트릭. (5)

⑨ 프로버빌리티의 범죄. (6)

⑩ 직업을 이용한 범죄. (1)

⑪ 정당방위 트릭. (1)

⑫ 일사부재리의 트릭. (5)

⑬ 범인 자신이 그 범행을 멀리서 목격하는 트릭. (2)

⑭ 동요 살인. (6)

⑮ 줄거리에 따른 살인. (6)

⑯ 죽은 자에게서 온 편지. (3)

⑰ 미로. (4)

⑱ 최면술. (5)

⑲ 몽유병. (4)

⑳ 기억상실증. (6)

㉑ 기발한 도난품. (2)

㉒ 교환살인. (1)

【제7】 암호기법의 종류(소설의 예 37)

  (A) 할부법.

  (B) 표형법. (4)

  (C) 우의법. (11)

  (D) 치환법. (3)

    ① 보통치환법. (1)

    ② 혼합치환법.

    ③ 삽입법. (2)

    ④ 창틀법.

  (E) 대용법. (10)

    ① 단순대용법. (7)

    ② 복잡대용법. (3)

      (ㄱ) 평방식 암호법. (1)

      (ㄴ) 계산자(계산척) 암호법. (1)

      (ㄷ) 원반 암호법. (1)

      (ㄹ) 자동계산기계에 의한 암호.

  (F) 매개법. (9)

옮긴이 박현석

대학 졸업 후 일본으로 건너가 유학 및 직장 생활을 하다 지금은
전문번역가로 활동 중이며 우리나라에 아직 소개되지 않은 유명
작가들의 작품을 소개하기 위해서 출판을 시작했다. 에도가와
란포의 작품으로는 『지옥의 어릿광대』, 『추리소설 속 트릭의 비
밀』, 『엽기의 끝』, 『세계 3대 명탐정』 등을 번역하였으며, 그 외
에도 다자이 오사무, 나쓰메 소세키, 나카니시 이노스케 등의 작
품 다수와 와시오 우코의 역사소설을 국내 최초로 번역하여 소
개했다.

추리소설 속 트릭의 비밀

1판 1쇄 인쇄 2019년 8월 10일
1판 3쇄 발행 2022년 4월 30일

지은이 에도가와 란포
옮긴이 박현석
펴낸이 박현석
펴낸곳 현 인

등 록 제 2010-12호
주 소 서울시 도봉구 덕릉로 62길 13, 103-608호
전 화 010-2012-3751
팩 스 0505-977-3750
이메일 gensang@naver.com

ISBN 979-11-90156-09-7